AF746451

www.ingramcontent.com/pod-product-compliance
Lightning Source LLC
LaVergne TN
LVHW050948051026
849532LV00005B/1749

* 9 7 8 9 3 5 8 7 2 5 3 6 0 *

نَورنگ افسانے (حصہ دوم)

(افسانے)

مرتب:

زرقا مفتی

Nau Rang Afsane : part-2 (Short Stories)
by: Zarqa Mufti
Edition: February '2024
Publisher :
Taemeer Publications LLC (Michigan, USA / Hyderabad, India)

ISBN 978-93-5872-536-0
9 789358 725360

کتاب	:	**نَو رنگ افسانے (حصہ دوم)** (افسانے)
مرتبہ	:	**زرقا مفتی**
صنف	:	فکشن
ناشر	:	تعمیر پبلی کیشنز (حیدرآباد، انڈیا)
سالِ اشاعت	:	۲۰۲۴ء
صفحات	:	۷۸
سرورق ڈیزائن	:	تعمیر ویب ڈیزائن

فہرست

(۱) نیلا خون

خاور چوہدری

یہ وسط بہار کا کوئی دن تھا۔ ٹھنڈی ہوائیں جامن کے سوکھے درخت کی ٹہنیوں کو چھُو کر کھلے صحن کے دل سے گزرتے ہوئے کچے راستے کے اطراف پودوں کی روش کو چومتی جارہی تھیں۔ مالی ان پودوں کی نلائی کرتا جاتا اور ساتھ ہی گرے ہوئے پتوں کو اٹھا کر ہتھ ریڑھی میں ڈالتا جاتا۔ کوٹھی کے چاروں اور مخملی گھاس یوں دِکھ رہی تھی جیسے زمین پر زمرد جڑے ہوئے ہوں۔ ابھی پھولوں کے نئے پودے پوری طرح مٹی سے مانوس نہیں ہوئے تھے اور ان میں سے بعض مرجھا رہے تھے۔ بانو خاتون ادبی رسالے کا نیا شمارہ گود میں رکھے مطالعہ میں یوں گم تھیں جیسے بہ جز اس کے دنیا میں کوئی کام ہی نہ ہو۔ ایک ایک حرف یوں پڑھتیں گویا یاد کرنا چاہتی ہوں۔ ایک ہی نشست میں سارے افسانے اور منظومات پڑھ گئیں۔ رسالہ ایک طرف رکھتے ہوئے انھوں نے ماحول کا جائزہ لیا۔ دائیں ہاتھ میں بندھی ہوئی گھڑی پر اچٹتی ہوئی نظر ڈالی اور پھر کچھ سوچتے ہوئے اپنی جگہ سے اُٹھ کھڑی ہوئیں۔ زمردیں فرش پر بے تابی سے گھومتے ہوئے ان کی نگاہ بار بار آسمان کی طرف اُٹھ رہی تھی۔ دفعتاً وہ رُکیں اور مالی کو آواز دی

"ریاض۔۔۔اِدھر تو آنا"

"جی بیگم صاحبہ"

کہہ کر بوڑھا مالی اپنے کپڑے جھاڑتا ہوا چلا آیا

"ریاض! تمھیں کتنے مہینوں سے تنخواہ نہیں ملی؟"

ریاض نے کچھ نہ سمجھتے ہوئے جلدی سے جواب دیا

"میری کوئی تنخواہ باقی نہیں ہے، بیگم صاحبہ"

"تو پھر یہ پودے کیوں سوکھ رہے ہیں؟ کیوں تم بروقت نلائی نہیں کرتے اور پورا پانی نہیں دیتے ہو؟"

"بیگم صاحبہ! خدا جانتا ہے ان پودوں سے اپنے بچوں کی طرح محبت کرتا ہوں اور اپنی طاقت سے زیادہ محنت کرتا ہوں۔۔۔ نہ معلوم پھر بھی کچھ پودے اجنبیت کیوں برت رہے ہیں۔"

"سب سمجھتی ہوں، محبت اور محنت۔۔۔ ہونہہ۔۔۔"

بوڑھا ریاض کسی بت کی مانند زمین میں گڑ چکا تھا اور بانو خاتون کی بے کلی اور بڑھ گئی۔

"محبت۔۔۔ محنت، محبت۔۔۔ محنت، محبت۔۔۔ محنت"

ان دو لفظوں کی تکرار اس قدر بڑھی کہ بانو خاتون کو اپنا سر چکراتا ہوا محسوس ہوا۔ وہیں زمین پر بیٹھ رہیں۔۔۔ جب ہوش آیا تو آغا خان اسپتال میں ڈاکٹروں کی نگاہ داشت میں تھیں۔ ذہن پر دباؤ ڈالتے ہوئے انھوں نے سوچا کہ ان کے ساتھ کیا ہوا تھا؟ کون سا ایسا درد اُٹھا تھا، جس نے ہوش ہی نہ رہنے دیا۔۔۔ اور جب وہی دو لفظ دوبارہ یاد آئے تو دماغ کے خوابیدہ خلیوں نے رینگنا شروع کر دیا۔۔۔ تاریک ہوتی ہوئی آنکھوں سے دو نمکین قطرے نکل کر چہرے کی جھریوں میں راہ بناتے ہوئے کانوں تک چلے گئے۔

"اُف خدایا! کس قدر بھاری ہیں یہ دو لفظ"

بانو خاتون نے بڑبڑاتے ہوئے کہا، تو کمرے میں موجود ماسی اچانک ان کے چہرے پر

جھک کر

"بیگم صاحبہ، بیگم صاحبہ"

پکارنے لگی۔

"کون لایا تھا یہاں مجھے؟"

ساری قوتیں جمع کر کے بانو خاتون نے پوچھا۔ ماسی نے اپنی اوڑھنی سے ان کی آنکھیں صاف کرتے ہوئے کہا

"ریاض اور میں جی"

"احسان اور بہو کو اطلاع دی تھی"

"جی بیگم صاحبہ"

بانو خاتون کے دماغ پر وہ دو لفظ پھر ہتھوڑے برسا رہے تھے۔ کراہتے ہوئے انھوں نے پہلو بدل کر اپنا منہ دیوار کی طرف پھیر لیا۔۔۔ماسی پیچھے ہٹ کر بیٹھ گئی۔

**

ہوا میں بکھرتے ہوئے خزاں رسیدہ پتوں کی مانند سوچیں بے نشاں و بے سمت بھٹکنے لگیں۔ جوں جوں ماضی کی کتاب کے اوراق کھلتے جاتے تھے، توں توں بانو خاتون کا حلق آنسوؤں کی گرمی سے کڑوا ہوتا جاتا اور اس کڑواہٹ کو وہ چاہتے ہوئے بھی نہیں تھوک سکتی تھیں۔

پندرہ دن بعد جب ان کی پڑوسن بیگم ضرار آئیں تو ان کے دکھ کو مزید سوا کر گئیں۔

"بیگم صاحبہ! مجھے بتا دیا ہوتا میں تصدق کو یہاں بھیج دیتی۔ ہم غیر تو نہیں ہیں، آخر کو ہم سایے ہیں اور ہم سایے تو ماں جائے ہوتے ہیں۔"

"مجھے ہوش کہاں تھا"

تھڑ دلی سے بانو خاتون اتنا ہی کہہ پائی تھیں، کہ بیگم ضرار نے جلتا ہوا انگارہ ان کے دماغ پر رکھ دیا

"احسان میاں تو اپنی بیوی کے ساتھ کل ساحلِ سمندر کلفٹن میں گھڑ سواری میں مشغول تھے، کیا عیادت کے لیے نہیں آئے؟ اَجی میں تو کہتی ہوں کیا فائدہ ایسی اولاد کا جو بڑھاپے میں تنہا چھوڑ جائے، ایسوں کا تو پیدا ہوتے ہی گلا گھونٹ دینا چاہیے۔"

بانو خاتون ساکت و جامد خلاؤں میں گھورتی رہیں اور بیگم ضرار جلتی پر تیل ڈال کر نکل گئیں۔

**

دن گزرتے رہے اور خیالات مسلسل غزل کی ردیف کی طرح ایک تواتر سے وارد ہوتے گئے۔ ابّاجی کی حویلی یاد آئی تو لسوڑوں کی چچپاہٹ سے دماغ کے خلیے باہم اُلجھنے لگے۔ حویلی کے دالان میں ایستادہ لسوڑے کا درخت ان کا ہم جولی و ہم راز تھا۔ جس کی شاخیں ان کی سانسوں کی مہک اور جسم کے لمس کی امین تھیں۔ پہروں اس کے تنے کو اپنی نوجوان بانہوں میں سمیٹ کر اپنی آنکھوں کے موتی اس میں اتارتی رہتی تھیں۔۔۔ اور وہ اپنے اندر ان کو سمیٹتا رہتا تھا۔ اور اس سے پہلے جب وہ صرف دس برس کی تھیں تب بھی ان کے لیے حویلی میں جائے اماں صرف یہی تو ایک درخت تھا۔ وہ اپنی گڑیا لے کر اپنے ساتھ ہی کھیلتی رہتیں۔ اپنی گڈی کی شادی، اپنے ہی گڈے سے کرتیں، خود ہی بارات کے ساتھ ہوتیں اور خود ہی رخصتی کا اہتمام کرتیں۔ ڈھول بجانا، گیت گانا، تالی بجانا حویلی میں ممکن نہ تھا۔۔۔ کھکھلا کر ہنسنے اور قہقہے لگانے کی بھی اجازت نہیں تھی۔۔۔ زیادہ سے زیادہ مسکراہٹ کی ایک لکیر ہونٹوں پر پھیل جاتی یا پھر دبی آواز میں کچھ لفظ ادا

ہو جاتے۔۔۔ ایسے میں بھی اگر کہیں پھوپھو کی نظر پڑ جاتی تو وہ بانو خاتون کی ساری خوشیوں کو اٹھا کر تندور میں ڈال دیتیں۔۔۔ اس ظلم اور جبر پر رونے کا بھی اختیار نہیں تھا۔ جس ماں نے جنا تھا وہ تو دیکھ بھی نہ پائیں تھی انھیں۔۔۔ رشتے کی خالہ نے دودھ پلایا اور دو سال تک اپنے پاس رکھا۔ ابّاجی ان کی جھولی میں ڈال کر خود سبک دوش ہو گئے تھے۔ تب ایک جھگڑے میں پھوپھو کے خاوند مارے گئے تو ابّاجی کی اکلوتی بہن اپنے دو بچوں سمیت حویلی اُٹھ آئیں۔۔۔ اور یوں بانو خاتون بھی اپنے گھر لوٹ آئیں۔

**

بہروز اور نوروز دونوں ان سے بڑے تھے اور ہمہ وقت اپنی ماں سے ناز اٹھواتے رہتے۔ جو چاہا کھایا، جو چاہا پیا۔ جب چاہا اُٹھ بیٹھے، جب چاہا سو لیے۔ جو چاہا پہن لیا، جو چاہا اتار دیا۔ پابندیاں تھیں تو فقط ان کے لیے۔ ادھر پو پھٹی اور انھیں جگا دیا گیا۔ گھر بھر کا کام کروایا اور دونوں بھائیوں کے بچے ہوئے لقمے ان کے آگے ڈال دیے۔۔۔ اور پھر سرکاری اسکول کی طرف ہانک دیا۔ اسکول سے لوٹتیں تو پھر گھر داری میں مصروف ہو جاتیں۔

بے لحاظ پھوپھو کی جلی کٹی اور ظلم تو بہ ہر حال سہے جاتی رہیں۔۔۔ مگر ایک دوپہر تو اندھیروں میں بدل گئی۔ وہ کھانے کے برتن دھو کر خشک کرنے کے لیے ٹوکری میں رکھ آئی تھیں۔ پھوپھو کے گھڑے میں تازہ پانی بھی ڈال دیا تھا۔ بہروز اور نوروز کے نہانے کے لیے الگ سے دو بالٹیاں بھی بھر کر غسل خانہ میں رکھ دی تھیں۔ ابّاجی کے کمرے کے فرش کو ٹھنڈا کرنے کے لیے بھی کئی بالٹیاں ڈال آئی تھیں اور اب لسوڑے کے تنے سے لپٹ کر سسکیوں کی زبانی اسے اپنی بپتا سنا رہی تھیں۔۔۔ دفعتاً ان کے جسم میں بجلی کوند گئی۔۔۔ نوروز نے پیچھے سے آ کر انھیں اپنے سینے سے چمٹا لیا اور اپنے ہاتھ مضبوطی سے ان

کے سینے کے ابھاروں پر رکھ دیے۔ ایک چیخ ان کے حلق میں قتل ہو گئی۔ نوروز بھائی کے سامنے ہاتھ جوڑے، خدا کے واسطے دیے، گڑگڑائیں، روئیں۔۔۔ مگر اس نے اپنی گرفت ڈھیلی نہ کی۔

نہ جانے پھوپھو کس وقت سے یہ منظر دیکھ رہی تھیں۔۔۔ اور پھر بڑے بڑے ڈگ بھرتے ہوئے حویلی کے دالان میں آ گئیں

"حرام زادی! یہ لچھن ہیں تیرے، میں بھی کہوں تو دو پہروں کو سوتی کیوں نہیں۔ آ لینے دے اپنے باپ کو۔ منحوس تمھیں دیوار میں چنوا کر دم لوں گی۔ کتیا تو نے رشتوں کا بھی خیال نہ رکھا۔۔۔ اپنی آگ کہیں اور ٹھنڈی کیوں نہ کی تو نے۔۔۔؟۔ کیوں میرے معصوم بیٹے کو تباہ کر رہی ہے۔"

پھوپھو کے منہ میں جو آیا بکے گئیں اور بانو خاتون کی آنکھوں کی ندیاں سوکھنے کا نام ہی نہ لیتی تھیں۔ دوپہر، سہ پہر میں ڈھلی اور سہ پہر شام میں۔۔۔ مگر بانو خاتون کے لیے وقت رُک گیا تھا۔۔۔ یوں جیسے بھاری سلوں تلے آ گیا ہو۔۔۔ ایک ایک پل صدی کو محیط ہو گیا۔ رو رو کر اپنا برا حال کر لیا اور اب ایسے معلوم ہوتا تھا جیسے آنکھوں سے پانی کی بجائے لہو ٹپک رہا ہو۔ پھوپھو نے ان کے کمرے کی باہر سے چٹخنی لگا دی تھی۔ بانو خاتون نے سوچا آج ابّاجی کو پھوپھو کے تمام ظلموں کے بارے میں بتائیں گی۔۔۔ بتائیں گی کہ وہ انھیں کیسی کیسی ننگی گالیاں دیتی ہیں۔۔۔ اور آج جس شیطنت کا مظاہرہ نوروز نے کیا ہے وہ بھی صاف صاف بتا دیں گی۔ دل سے بہہ جانے والے لہو کو قطرہ قطرہ کر کے سمیٹا اور تہیہ کیا کہ اب مزید ظلم نہیں سہیں گی اور ان ماں بیٹوں کو حویلی سے نکلوا کر رہیں گی۔

**

ابّاجی کے کمرے سے مسلسل آوازیں آتی رہیں اور شام رات میں مدغم ہوتی رہی۔

بھوک اور پیاس سے بانو خاتون کا برا حال ہو گیا تھا۔ غم اور غصہ کی شدت نے مزید نڈھال کر رکھا تھا اور اب اتنا وقت گزر گیا تھا۔۔۔ مگر کوئی انھیں قید سے رہائی دلانے نہیں آیا تھا۔۔۔ تب انھوں نے بلند آواز میں رونا شروع کر دیا۔

بھاری قدموں کی آہٹ جوں جوں بڑھتی گئی ان کے دل کی دھڑکنیں بھی بے ترتیب ہونے لگیں۔ ایک جھٹکے سے دروازہ کھلا اور اباّجی نے انھیں چوٹی سے پکڑ کر ننگے فرش پر گھسیٹنا شروع کر دیا۔۔۔ بغیر کچھ کہے سنے ان کے وجود پر لاتوں اور مکوں کی بارش کر دی۔ پیڑو اور پسلیوں میں درد کی ایسی لہر اُٹھی کہ اس نے دہرا کر دیا۔ جب جب یہ درد سے دہری ہوتیں اباّجی انھیں بالوں سے پکڑ کر سیدھا کرتے۔۔۔ اور پھر پیٹنا شروع کر دیتے۔ چہرہ چھلنی ہو گیا تھا، ہونٹوں سے خون کے فوارے پھوٹ بہے تھے، نس نس میں گویا درد کی لکیریں بن گئی تھیں۔ اور جب اباّجی مار مار کر تھک گئے تو انھیں دھکا دے کر زمین پر ڈال دیا۔۔۔

"اباّجی! میری بھی تو سنتے"

جب انھوں نے اپنی چیخیں ضبط کرتے ہوئے کہا تو اباّجی نے سیدھے پاؤں سے زور دار ٹھوکر ان کے ماتھے پر لگائی اور وہ درد سے بلک اُٹھیں۔ اس لیے نہیں کہ چوٹ بہت گہری تھی، اس لیے کہ اباّجی نے بھی انھیں بد ذات، حرام کار اور رنڈی کہا تھا۔ پھوپھو، بہروز اور نوروز یہ منظر دیکھتے رہے، مگر کسی نے مداخلت نہ کی۔۔۔ اور کرتے بھی کیسے کہ وہی تو ان کی جان کے دشمن تھے۔

**

بانو خاتون کو جب ہوش آیا تو وہ اپنے کمرے کی چارپائی سے بندھی ہوئی تھیں اور ان کے جسم پر لباس کے نام پر دھجیاں تھیں۔ انگ انگ سے خون رس رہا تھا اور رُواں رُواں

درد سے پھٹ رہا تھا۔ انھیں اپنے جسم پر لگنے والے گھاؤ سے زیادہ روح پر آنے والے زخموں سے تکلیف ہوئی تھی۔ ان کے ذہن میں لسوڑے کے درخت تلے پیش آنے والا منظر پوری طرح جاگ چکا تھا۔۔۔ اور پھوپھو کی زبان سے نکلے ہوئے غلیظ لفظ پہلے سے زیادہ کریہہ معلوم ہو رہے تھے۔ وہ نوروز جسے وہ ہمیشہ اپنا سگا بھائی سمجھتی آئی تھیں مجسم شیطان نظر آرہا تھا۔۔۔ وہ نہیں جانتی تھیں کہ انھوں نے ابّاجی کے سامنے کیا کہانی گھڑی تھی، مگر وہ ان دونوں ماں بیٹوں کا خون پینا چاہتی تھیں۔

"مجھے حرام زادی کہتی ہیں اور خود وارث ماموں کو دن بھر اپنے کمرے میں بند رکھتی ہیں"

بانو خاتون نے نفرت سے سوچا۔

"حرافہ تو خود ہیں، ابّاجی کے گھر سے نکلتے ہی حویلی کے دروازے سے لگ جاتی ہیں اور ہر آتے جاتے مرد کا وجود ماپتی ہیں، گلی میں بیٹھے ہوؤں کو تاکتی ہیں۔"

سوچیں بڑھنے کے ساتھ ساتھ ان کے دماغ میں زہر بھی بڑھتا جارہا تھا۔

**

گھڑیاں، گھنٹوں، دنوں، ہفتوں اور مہینوں میں بدل گئیں۔۔۔ مگر قید ختم نہ ہوئی۔ پھوپھو ان کے سامنے کھانا ایسے رکھ کر جاتیں جیسے کسی کوڑھی اور جذامی کے آگے ڈال رہی ہوں۔ اُن کا بس نہیں چلتا تھا کہ وہ پھوپھو کو دبوچ کر ان کی گردن سے لہو پی جاتیں۔ اس سارے عرصہ میں ایک بار بھی ابّاجی اس طرف نہیں آئے تھے۔۔۔ اور وہ اپنے ناکردہ گناہوں کی سزا کاٹتی رہیں۔ پھر ایک دن ابّاجی آئے اور درشت لہجہ میں کہا

"بانو! تمھیں کمرے سے رہائی مل رہی ہے۔۔۔ اور جان لو ایسا کوئی قدم نہیں اُٹھانا کہ میں تمھیں قتل کرنے پر مجبور ہو جاؤں۔۔۔ اور ہاں ڈھنگ کے کپڑے پہن لینا، کچھ

لوگ تمھیں دیکھنے آرہے ہیں۔"

بانو خاتون نے منت کے سے انداز میں پکارا

"ابّا جی۔۔۔!"

"مت کہو مجھے ابّا جی"

اور پھر ابا جی نفرت سے منہ پھیر کر چلے گئے

بانو خاتون کے وجود میں جیسے شعلے سے لپک گئے ہوں۔ انھوں نے دکھ اور گھبراہٹ کی حالت میں سوچا

"کیا میں واقعی بدذات اور حرام کی جنی ہوں، جو ابّا جی مجھ سے اس قدر نفرت کرتے ہیں" گولی کی سی سرعت کی طرح ایک اور حقیقت ان پر واضح ہوئی کہ ابّا جی نے تو کبھی ان سے محبت کی ہی نہیں تھی۔۔۔ وہ تو اپنے کاروبار اور جاگیر میں ہمیشہ مصروف رہے۔۔۔ اور یہ پھوپھو کی لعن طعن اور باسی ٹکڑوں پر پلتی رہیں۔ اب ان کے دل میں ابّا جی کے لیے بھی نفرت بڑھ رہی تھی۔

**

یوں ہی ایک شام انھیں سلیم کے کھونٹے پر باندھ دیا گیا۔۔۔ وہ سلیم جس کا نہ پہلے نام سنا تھا، نہ دیکھا تھا۔ خود میں چھپی ہوئی یہ ایک پلنگ میں دبکی بیٹھی رہیں۔۔۔ سلیم آتا ہے، حکم جاری کرتا ہے۔۔۔ ایسے جیسے کسبیوں اور زرخریدوں کو جاری کیا جاتا ہے اور پھر رات بھر کتا گوشت کے لوتھڑے کو بھنبھوڑتا رہا۔ آنے والے کئی دن بھی اسی طرح گزر گئے۔۔۔ دونوں کے درمیان کوئی بات نہ ہوئی۔۔۔ سُور پلتا رہا، کھیت اجڑتا رہا۔ تین ماہ گزر گئے پھر ایک صبح سلیم نے تین لفظ کہہ کر انھیں رونے کے لیے چھوڑ دیا اور کہہ گیا

"میں لوٹوں تو تمھاری شکل نہ دیکھوں"

خدائے زندہ کے سامنے دوزانو ہو کر وہ اپنے ناکردہ گناہوں کی معافی مانگتی رہیں۔

جب درد چیخوں، آہوں اور سسکیوں میں بدل گیا تو پڑوسن چلی آئی

"اری کیوں جی ہلکان کرتی ہے کم بخت! نہ رو۔ تم سے پہلے چار جیون اجاڑ چکا ہے موا۔ ارے لعنت ہو ایسے والدین پر جو بن دیکھے ایسوں سے باندھ دیتے ہیں۔"

پڑوسن اور نہ جانے کیا کیا کچھ کہتی رہی۔۔۔ اور یہ تو جیسے ہوش ہی کھو بیٹھی تھیں۔ جائیں تو جائیں کہاں؟ ابّا جی نے تو گھر سے نکالنے کے بعد پلٹ کر بھی نہ دیکھا۔۔۔ پھوپھو اور نوروز کا خیال آیا تو روح کو آگ لگ گئی۔ پورے وجود میں جیسے چنگاریاں رینگنے لگی ہوں۔۔۔ روم روم سلگتا رہا، درد بڑھتا رہا، خون گھٹتا رہا، وقت گزرتا رہا، دم نکلتا رہا۔ بہت سوچنے کے بعد وارث ماموں کا خیال آیا تو اس کے ساتھ ہی یہ منظر بھی ذہن میں جاگ بیٹھا کہ وہ تو خود اپنی بیوی سے چھپ چھپ کر پھوپھو کی آگ بجھاتے ہیں۔۔۔ تب انھوں نے اپنے ٹوٹے ہوئے وجود کی کرچیوں کو سمیٹنا شروع کیا۔ ایک ایک کر کے انھیں زمین سے اُٹھایا اور صاف کر کے اپنے پوٹلی میں باندھ لیا۔ اب منزل کوئی نہیں تھی، صرف راستہ تھا۔۔۔ پُر خار، پُر پیچ، پُر درد۔۔۔ دکھوں، تکلیفوں، آہوں، سسکیوں، یادوں اور نفرتوں سے پُر۔۔۔ ایک لمبا نہ ختم ہونے والا بے انت راستہ۔

جتنی دُور چلوں میں پیارے

عمر کا رستہ بڑھتا جائے

امرت دھارا کیسے پاؤں

وہ چلتی رہیں، جلتی رہیں۔۔۔ اور اس چلنے اور جلنے میں انھیں ایک کرن دکھائی دے گئی۔ سلیم کے ساتھ گزرا ہوا وقت یاد کرنا ان کے لیے سوہان روح تھا، مگر اس نوزائدہ کا کیا دوش جس نے ابھی دنیا میں سانس لیا تھا۔۔۔ احسان۔۔۔ نہ جانے کیا سوچ کر انھوں نے

اس پھوٹنے والی روشنی کو احسان کا نام دیا تھا۔

**

اب بانو خاتون تھیں، احسان تھا اور کوچنگ سینٹر۔ دن کے پہلے پہر وہ ایک پبلک اسکول میں پڑھاتیں اور پچھلے پہر اپنے کوچنگ سینٹر میں۔ دونوں ماں بیٹا عموماً ساتھ ہوتے یا یوں کہیے ماں نے کوکھ سے جنم دینے کے بعد بھی بیٹے کو خود سے جدا نہیں کیا تھا۔۔۔ اور خود چند لمحوں کے لیے بھی ماں کی شفقت نہ پاسکی تھیں۔ اِدھر یہ پیدا ہوئیں، اُدھر ماں ساتھ چھوڑ گئی۔ نہ بہن، نہ بھائی، نہ گھر، نہ در۔۔۔ ابّا جی۔۔۔؟ انھوں نے تو جیسے زہر میں بجھا ہوا تیر ان کے سینے میں چبھو چھوڑا تھا۔ کوچنگ سینٹر، اسکول میں بدل گیا۔ محنت رنگ لائی اور احسان سے محبت بھی۔۔۔ معیشت بھی جواں ہوئی اور اولاد بھی۔ اب شاید ان کے زخموں کے بھرنے کا وقت آن پہنچا تھا۔۔۔ یقیناً وہ ماضی کو بھولنا چاہتی تھیں۔۔۔ اور ماضی سے وابستہ سب لوگوں کو بھی، مگر ایسا ممکن نہیں تھا۔ وہ جب کبھی پرنسپل روم میں کسی بچے کے ساتھ اس کے والد کو دیکھتیں تو بے اختیار انھیں احسان پر ترس آنے لگتا اور ان کی آنکھوں سے سیلابِ بلاخیز رواں ہو جاتا۔۔۔ اپنے ابّا جی یاد آجاتے، جن کے سایے میں نہ سہی قربت میں تو انھوں نے زندگی کے بیس برس گزارے تھے۔

"پھوپھو۔۔۔ کیوں کیا میرے ساتھ اس طرح آپ نے؟"

وہ سوچتیں اور پھر بند آنکھوں آنسو اپنے حلق سے سینہ میں اُتارنے لگتیں۔ اور وہ دن کتنا بھاری تھا جب احسان نے پوچھا تھا

"اماں! بابا اور آپ کا کوئی رشتہ دار اس دنیا میں زندہ نہیں ہے؟"

"نہیں بیٹے!"

اور وہ پھوٹ پھوٹ کر رو دیں۔۔۔ بالکل اسی طرح جیسے وہ اپنے ابّا جی کی طرف

سے دی گئی گالیوں پر روئی تھیں۔۔۔ تب احسان نے بڑھ کر ماں کا ہاتھ تھاما اور پھر اپنی آنکھوں سے لگالیا

**

یہ احسان کی شادی سے چند برس اُدھر کی بات ہے۔ ایک روز وہ عوامی مرکز سے خریداری کر رہی تھیں، اچانک ان کی نگاہ ایک شخص پر پڑی اور پھر ان کے وجود پر لرزہ طاری ہو گیا۔ جو کچھ منتخب کیا تھا، اسے وہیں چھوڑا اور لجاجت سے کاؤنٹر پر بیٹھے شخص کو کچھ کہا اور آکر گاڑی میں بیٹھ گئیں۔۔۔ گاڑی کے پہیے اور ہینڈل گھومتے رہے اور ان کا دماغ بھی۔

"سلیم کے ساتھ نوجوان لڑکی کون ہو سکتی ہے؟اس کی نو عمر بیوی؟نہیں۔۔۔ نہیں، پھر بیٹی ہو گی۔"

انھوں نے سوچا۔۔۔

کئی دن تک وہ اس وجہ سے بیمار رہیں۔ ماضی کی یادیں ان کے ساتھ سایوں کی طرح چمٹ چکی تھیں۔۔۔ پھر ایک ایک رات کا اُجاڑ پن ان کی روح اور دل کو زخمی کرنے لگا۔ نفرت اور کراہت سے وہ وقت کاٹتی رہیں۔۔۔ اور اباّجی، پھوپھو، بہروز، نوروز، وارث ماموں اور سلیم کا نام لے لے کر تھوکتی رہیں

"تف ایسے رشتوں پر۔۔۔ حیف میرا اُن لوگوں کے ساتھ وقت گزرا"

انھوں نے سوچا، مگر۔

ہونی، ہو کے رہتی ہے
فرق کچھ نہیں پڑتا
آنسوؤں کے بونے سے

**

ایم بی اے کے بعد احسان فارغ تھا۔ جاب کے لیے چند جگہوں پر کوشش کی، مگر وہ ایسی کوشش نہیں تھی کہ بار آور ثابت ہوتی۔۔۔ ویسے بھی اسکول کی آمدن اس قدر تھی کہ دونوں ماں بیٹا وقار سے وقت گزار سکتے تھے۔ تب احسان، بانو خاتون کے اسکول میں ان کا ہاتھ بٹانے لگا اور یہیں اس کی ملاقات عفت سے ہوئی۔ عفت سائنس کی ٹیچر تھی۔۔۔ اپنے مضمون کے ساتھ پورا انصاف کرتی تھی، اسی سبب سے بانو خاتون بھی اسے پسند کرتی تھیں۔ پھر ایک دن احسان نے ماں کے سامنے اپنے دل کی بات رکھ دی۔ ماں کو کیا اعتراض ہو سکتا تھا۔ اِکو اِک بیٹا اور وہ بھی نازوں پلا۔۔۔ اور پھر عفت میں بھی کچھ کمی نہیں تھی۔

بانو خاتون کو یاد آیا عفت کی ماں نے دوسری شادی رچالی تھی اور یہ بے چاری اپنی بیوہ نانی کے پاس رہتی تھی۔ انھیں نے پالا پوسا اور پڑھایا لکھایا۔ شادی طے ہو گئی۔ نیشنل کرکٹ اسٹیڈیم کے کھلے میدان میں ولیمہ کی دعوت رکھی گئی۔ بانو خاتون کا کون تھا جسے بلاتیں۔ لے دے کے اسکول اسٹاف۔۔۔ چند سہیلیاں اور احسان کے کچھ دوست۔ عفت کی طرف سے بہت لوگ تھے۔ بانو خاتون کو بتایا گیا کہ عفت کی ماں بھی اپنے شوہر سمیت شادی میں شریک ہو رہی ہیں۔ اِنھیں کیا اعتراض ہو سکتا تھا بھلا۔

نیشنل اسٹڈیم کے صدر دروازے پر باوردی گارڈ مہمانوں کا استقبال کرتے رہے۔ ان سے چند گز کے فاصلہ پر احسان کے دوست آنے والوں کو خوش آمدید کہنے کے لیے کھڑے تھے۔ صدر دروازہ اور اس سے نکلنے والی شاہراہ کی دونوں اطراف میں روشنی کے قمقموں نے ایسا سماں باندھا تھا، جیسے ستارے زمین پر اُتر آئے ہوں۔ زرق برق لباس پہنے بوڑھی عورتیں اور جوان لڑکیاں اپنے ہونے کی گواہی دے رہی تھیں۔ طرح طرح کے

ذائقوں کی خوشبو نے ماحول پر وجد کی سی کیفیت طاری کر رکھی تھی۔۔۔ مہمان آتے جاتے اور مخملیں نشستوں پر بیٹھتے جاتے۔ اسٹیج پر دولہا اور دلہن اپنے دوستوں اور رشتہ داروں کے ساتھ موجود تھے۔ رسمیں شروع ہوئیں، سلامی دی جانے لگی۔۔۔ تب ایک شعلہ لپکا اور بانو خاتون کے جسم کو بھسم کر گیا۔

ہاتھوں میں پھول لیے سلیم ان کے سامنے تھا۔ وہ سلیم جس نے ان کی زندگی کانٹوں سے بھر دی تھی اور۔۔۔ اور اب اس کے ہاتھوں میں پھول تھے۔ عفت کی نانی نے تعارف کراتے ہوئے بتایا

"یہ سلیم ہیں، عفت کے سوتیلے باپ"

بانو خاتون کے اندر تباہی آمیز جھکڑ چلنے لگے، اعتماد کی دیواریں یکایک زمین بوس ہونے لگیں، یوں لگتا جیسے ان کی دنیا اندھیر ہو جائے گی۔۔۔ شادی کے سارے منظر ماضی کے زہر میں بجھ گئے۔ چیخیں حلق کے اندر دم توڑنے لگیں۔۔۔ ایک ایک کر کے اُن ساری راتوں کا دُکھ ان کی آنکھوں میں اُتر آیا جو انھوں سلیم کے ساتھ کاٹی تھیں۔ اور اُدھر سلیم کے ہاتھ سے گل دستہ گر کر دونوں کے پاؤں چوم رہا تھا۔

"بانو خاتون۔۔۔ تم!"

سلیم نے کہا تو اسٹیج پر موجود سبھی لوگ چونک کر ان کی جانب دیکھنے لگے۔ عفت کی ماں نے احسان کی اماں کو مخاطب کرتے ہوئے کہا

"آپ انھیں جانتی ہیں؟"

تب تک بانو خاتون خود کو سنبھال چکی تھیں۔ انھوں نے وقار اور طمانیت سے کہا

"جی۔۔۔ لیکن تفصیلات بعد میں بتاؤں گی"

"قاضی جی نکاح پڑھوایئے"

احسان کی اماں نے خوش دلی سے کہا، جیسے کوئی اَن ہونی ہوئی ہی نہیں۔ حالانکہ ان کے دل و دماغ سمیت روح پر بھی ایک قیامت گزر چکی تھی۔ جسم کے سمندر میں ٹھاٹھیں مارتی ہوئی لہروں کو اس انداز سے سہا، جیسے بڑی تباہی کے آنے سے پہلے خود سمندر سہتا ہے۔۔۔ وہ چاہتیں تو اس شادی کو رکوا سکتی تھیں۔۔۔ مگر انھوں نے اپنے دکھوں پر بیٹے کی خوشیوں کو قربان نہیں کیا۔

شادی کے ہنگامے ختم ہوئے۔ عفت، بانو خاتون کے نازوں پلے بیٹے کی بیوی بن کر ان کی کوٹھی میں آچکی تھی۔ شادی کا تیسرا دن تھا۔۔۔ احسان کے سسرالیوں نے آنا تھا اور اِدھر بانو خاتون کے دماغ کی رگیں چیخ رہی تھیں۔

"یقیناً سلیم بھی ان کے ساتھ ہو گا"

انھوں نے نفرت سے سوچا اور پھر ایک طرف تھوک دیا۔۔۔ مگر اب پانی پلوں کے نیچے سے بہہ چکا تھا۔ گئی بات کو تو گھوڑا نہیں پہنچ سکتا، زمانہ کی ستم رسیدہ بانو خاتون کیا کر سکتی تھیں۔ انھوں نے اپنے وجود کو سمیٹا بالکل اُسی طرح جیسے پچیس سال پہلے سلیم کے گھر سے نکلتے ہوئے پوٹلی میں اپنے وجود کی کرچیوں کو باندھا تھا۔۔۔ ایک وقار سے مہمانوں کا استقبال کرنے لگیں۔ سلیم سر جھکائے، ندامت و پشیمانی کا پہاڑ سر پر اُٹھائے عفت کی ماں کے پیچھے پیچھے چلا آ رہا تھا۔ کھانے کے دوران سلیم اور بانو خاتون ایک دوسرے سے نظریں چراتے رہے۔ کھانا ختم ہوا تو اچانک عفت کی ماں نے احسان کو مخاطب کرتے ہوئے کہا

"بیٹا! ہم پرانے رشتہ دار ہیں"

بانو خاتون نے چونک کر اپنے بیٹے کی ساس اور اپنے سابقہ خاوند کی منکوحہ کی طرف دیکھا۔ وہ سمجھتی تھیں سلیم ایسی کوئی حرکت نہیں کرے گا، جس سے بچوں کی زندگی متاثر

ہو۔۔۔ مگر ازل کے خود غرض شخص نے وہی کیا جو اس کی سرشت میں شامل تھا۔

"امی یہ کیا کہہ رہی ہیں آپ؟"

عفت نے اپنی ماں سے پوچھا

"ٹھیک کہہ رہی ہوں بیٹی، بانو خاتون، سلیم کے عقد میں رہ چکی ہیں اور احسان ان کا بیٹا ہے۔"

بانو خاتون نے چاہا کہ وہ چیخ چیخ کر اس بات سے انکار کر دیں اور کہہ دیں کہ احسان اس سانپ کا بیٹا نہیں ہے، مگر وہ ایسا نہ کر پائیں۔۔۔ نہ جانے کیوں؟

تب احسان کی سوالیہ نظریں اپنی ماں کی جانب اٹھیں تو انھوں نے اثبات میں سر ہلا دیا

"لیکن اماں آپ نے مجھ سے کیوں کہا تھا کہ میرا اس دنیا میں کوئی نہیں رہا؟"

"تو پھر کیا بتاتی تمھیں؟"

یہ لفظ اماں کی زبان سے نکلے ہی تھے کہ ان کے چہرے پر موجود کچھ شکنیں آنسوؤں سے بھر گئیں۔ اس چہرے پر جو وقت سے پہلے بڑھاپے کی چادر اوڑھ چکا تھا۔

"مگر اماں اتنی بڑی بات آپ نے مجھ سے آج تک چھپائے رکھی"

احسان نے قریباً روتے ہوئے کہا۔

"کیسے بتاتی کہ تمھارے باپ نے مجھے کبھی بیوی سمجھا ہی نہیں تھا، کیسے بتاتی کہ میں تین ماہ نُچتی رہی اور پھر نوچنے والے نے مجھے گھر سے نکال کر گلی میں پھینک دیا۔"

انھوں نے سوچا

ندامت اور تاسف سے ہاتھ ملتے ہوئے سلیم کی زبان اس کا ساتھ نہیں دے رہی تھی اور وہ صرف اتنا کہہ پایا

"بانو خاتون مجھے معاف کر دو۔۔۔احسان میں تمھارے سامنے ہاتھ جوڑتا ہوں"

بانو خاتون نے نفرت سے زمین پر تھوکا اور وہاں سے اُٹھ کر اپنے کمرے میں چلی آئیں۔۔۔ انھیں ایک ایک رات اور اُن سے وابستہ دکھ یاد آتے رہے۔ دل کے سمندر میں اُٹھنے والی خاموش موجوں نے طوفان کھڑا کر دیا۔ وہ روتی رہیں، دل کا لہو جلاتی رہیں۔ انھیں دیکھنے کوئی نہ آیا۔ صبح جب وہ اُٹھیں تو ان کی طبیعت بوجھل تھی۔۔۔ مگر پھر بھی ناشتے کی میز تک آ گئیں

"ماسی کیا بہو نہیں اُٹھیں ؟"

"بیگم صاحبہ چھوٹی بیگم اور صاحب تو رات کو ہی مہمانوں کے ساتھ چلے گئے تھے"

دکھ کا ایک پہاڑ آسمان سے گرا جس کے بوجھ تلے بانو خاتون دب گئیں۔۔۔

"واہ احسان وا! خوب میری محنتوں اور محبتوں کا صلہ دیا تو نے"

انھوں نے سوچا اور ماسی سے کہا

"میں کمرے میں جا رہی ہوں، میرے لیے کچھ مت لانا"

اور پھر اپنے کمرے میں چلی آئیں۔

"سانپ کا بیٹا سانپ ہی ہوتا ہے" وہ بڑبڑائیں۔۔۔"محنت اور محبت"

یہ دو لفظ ان کے لبوں سے پھسلے۔۔۔

"بیگم صاحبہ جی! کچھ کھا پی لیں، آپ رات کو بھی ایسے ہی سو گئی تھیں"

ماسی نے کہا تو بانو خاتون نے چاہا کہ وہ چیخ چیخ کر اس عورت کو بتائیں وہ رات کو سوئی کہاں تھیں، وہ تو شب بھر پل صراط سے گزرتی رہیں۔ پھر انھوں نے کچھ سوچتے ہوئے کہا

"اچھا چلو! جوس کا گلاس یہاں رکھ دو، میں پی لوں گی"

ماسی نے بیڈ کے ساتھ داہنی طرف پڑی ہوئی میز پر گلاس رکھا اور باہر چلی گئی۔

"ماسی پھر اچھی ہے، اسے میرا خیال تو ہے۔ احسان جس پر میں نے زندگی لٹادی یوں پل بھر میں سارے رشتے توڑ کر چلا گیا۔۔۔ اور اباؔجی جن کی محبتوں کے لیے ہمیشہ ترستی رہی۔۔۔ اور پھوپھو جن کے لیے میں نے اپنے معصوم ہاتھ جلا کر روٹیاں پکائیں۔۔۔ اور بہروز بھائی جن کے نہانے تک کا پانی میں نے بھرا۔۔۔ اور نوروز۔۔۔ (گھن آتی ہے اسے بھائی کہتے ہوئے) اس کے لیے کوئلے دہکا دہکا کر کپڑے استری کیے۔۔۔ اور سلیم۔۔۔ جو تین ماہ صرف اپنی ہوس مٹاتا رہا۔

اوہ۔۔۔ خدایا! میں کس عذاب سے گزر رہی ہوں۔ اب تو ان دکھوں کی اخیر کر دے۔"

انھوں نے خود کلامی کی۔۔۔

پھر انھوں نے اپنے محنت آشنا ہاتھوں کو پیالہ بنا کر آنکھ سے نکلنے والے موتیوں کو ان میں بھر لیا۔ ماسی دوبارہ آئی تو جوس کا گلاس وہیں رکھا تھا۔۔۔ اور بانو خاتون کا چہرہ ہتھیلیوں کے پردے میں تھا۔

ان کے لیے وقت ایک بار پھر تھم چکا تھا۔۔۔ یا پھر ماضی کی طرح پتھروں کی چٹان تلے آچکا تھا۔ وہ ان واقعات کو بھولنا چاہتی تھیں، مگر یہ ممکن نہ تھا۔

دوست، کہاں ہیں دوست
نیلے خون کی خوشبو نے
راز اُگل ڈالے

لوگوں نے تو سنا تھا۔۔۔ مگر بانو خاتون مارِ آستین سے ڈسی گئیں، ڈسی جاتی رہیں۔

اب احسان اپنے باپ کے ساتھ رہ رہا ہے۔ اماں نے حصہ میں اسے اسکول لکھ دیا ہے۔ کبھی کبھار وہ اپنی بیوی اور بچوں رامش اور دانش کے ساتھ کچھ وقت گزارنے کے

لیے یہاں چلا آتا ہے۔۔۔ لیکن اب کی بار تو نہیں آئے وہ لوگ۔۔۔اماں کی بیماری پر بھی نہیں۔ماسی نے تو یہی بتایا تھا کہ احسان اور بہو کو اطلاع کر دی گئی تھی۔۔۔اور بیگم ضرار بتا رہی تھیں۔۔۔۔۔۔۔۔۔

"اُف اللہ۔۔۔ یہ میرے ساتھ کیا ہوا؟"

بانو خاتون نے سوچا۔

ڈاکٹر کمرے میں داخل ہوتا ہے

"بیگم صاحبہ اب آپ کی طبیعت کیسی ہے؟"

"بہتر ہوں، ڈاکٹر صاحب"

بانو خاتون کی آواز دُور کسی وادی سے آتی ہوئی معلوم ہوتی ہے۔

**

وہ بوڑھے مالی اور ماسی کے ساتھ گھر لوٹ چکی ہیں۔ کوٹھی کے چاروں اور پھیلے ہوئے سبزے سے ہوا اٹھکھیلیاں کر رہی ہے۔ ریاض پودوں کو پانی دے رہا ہے اور پودوں سے جدا ہو جانے والے پتوں کو اُٹھا کر ہتھ ریڑھی میں ڈال رہا ہے۔ بانو خاتون ادبی رسالے کا نیا شمارہ جھولی میں رکھے مطالعہ کر رہی ہیں۔ دفعتاً اُٹھتی ہیں اور بے چینی سے زمردسار گھاس کے فرش پر ننگے پاؤں چلتی ہیں اور بے تابی کے ساتھ ریاض کو پکارتی ہیں

"ریاض۔۔۔اِدھر تو آنا"

"جی بیگم صاحبہ"

کہہ کر بوڑھا مالی اپنے کپڑے جھاڑتا ہوا چلا آتا ہے

"ریاض! تمھیں کتنے مہینوں سے تنخواہ نہیں ملی؟"

(۲) نیا جنم

روبینہ فیصل

گود میں پڑے سیل فون کی گھنٹی بجی تو میرے پورے جسم میں ارتعاش پھیل گیا۔ نامعلوم نمبر۔ گاڑی چلاتے ہوئے اٹھاؤں یا نہیں۔ یہ سوچ

ہی رہی تھی کہ انگلی فون کے سپکیر پر دب کر اسے آن کر گئی۔ ہیلو! میرے منہ سے جیسے ہی نکلا دوسری طرف سے انتہائی پنجابی جٹ لہجے میں اردو بولتی کھردری سی آواز نے انتہائی غصے میں مجھ سے پوچھا۔

آپ سیمی ہو جی؟؟

جی جی۔۔ میں نے ریڈ سگنل پر بریک لگاتے ہوئے کہا۔

بھاگ گئی کسی یار کے ساتھ، حرامجادی اس کا اپنا تو منہ کالا ہی تھا ہم سب کا بھی کر گئی۔ آواز نے کسی لحاظ کے بغیر اپنا مدعا بیان کیا۔

کون بھاگ گئی کہاں بھاگ گئی کون ہیں آپ؟

پچھلی سیٹوں پر بیٹھی میری بیٹیاں۔ میرا دھیان فوراً ان کی طرف گیا جو کہ پنجابی، اردو گالیوں کو شائد نہیں سمجھتی تھیں، مگر موسیقی کی طرح گالیوں کی بھی کوئی زبان نہیں ہوتی اسی لئے جب میں نے بیک ویو مرر سے ان کے چہروں کا رنگ بدلتے دیکھا تو فون کا سپکیر بند کیا اور کانپتے ہاتھوں سے اسے کان کے ساتھ جوڑ دیا۔

آپ بھولی نہ بنیں جی آپ تو اس کی رب، بھگوان، وائے گرو، سب ہیں نا جی۔۔۔ آپ کی تو آرتی اتارتی تھی۔۔۔ لہجے کی کاٹ میرے کان تو کاٹ ہی رہی تھی۔ مگر معاملے کی

تہہ تک پہنچتے ہی میرا کلیجہ بھی کٹ گیا۔

۔امرت کور؟ یہ نام خون کے قطرے کی طرح میرے اندر کہیں گرا۔ دلجیت سنگھ ہیں آپ؟

اور کون ہو سکتا ہوں؟ یہ چھڈ دیں جی میں کون ہوں یہ بتائیں وہ کھتے گئی؟

ابھی تم مجھے اطلاع دے رہے ہو کہ وہ بھاگ گئی۔۔۔ میں تمھیں کیسے بتاؤں وہ کھتے گئی۔۔ میں نے اسی کا اندازہ اور اسی کی نفرت اسے واپس لوٹانے کی کوشش کی

۔نہ بتائیں جی۔ پولس میں رپورٹ کر دی ہے۔ مگر آپ اسے یہ جرور بتا دیں جس دن ہتھے چڑھ گئی، اس کی نک وڈ دینی ہے۔ اور اس کے یار کی تون (گردن)۔

یہ کینڈا ہے دلجیت سنگھ تمھارا پنجاب نہیں۔۔ غصہ اور غم اب مجھے پورا نگل چکا تھا، اس کی ناک کاٹو گے پولیس تمھارا گلا کاٹ دے گی۔ میں نے دھمکاتے ہوئے کہا۔

۔اب میں گاڑی بچوں کے سکول کی پارکنگ میں کھڑی کیئے ساکت بیٹھی تھی۔ میری دونوں بٹیاں نہ جانے کب مجھے بائے بائے والا ہاتھ ہلا کر کینڈا کی آزاد فضا میں شامل ہو چکی تھیں۔ اور میں کینڈا کی اس کھلی فضا میں گاڑی پارک کرنے کے باوجود اس کی تازگی اور آزادی اپنے اندر نہیں اتار سکتی تھی۔ میری گاڑی کے شیشے بند تھے اور میں اندر سے پنجاب سے آلودہ ہو رہی تھی۔

وہ کہہ رہا تھا۔۔۔۔:

اندر سے وہ پوری رنڈی تھی۔ کسی کوٹھے کا بیج، غلطی سے شریف گھر میں پیدا ہو گئی اور اس سے بھی بڑی غلطی، مجھ جیسے شریف گھر کے لڑکے سے بیاہی گئی۔۔ اب اس کے انداز میں پراپگنڈہ کی وہ پلاننگ تھی جو اس کے پورے خاندان نے بیٹھ کر کی ہو گی کہ اس خبر کو پھیلانا کیسے ہے۔

شریف آدمی تمھیں آج نظر آیا کہ وہ بھاگ گئی۔ ؟وہ تو نہ جانے کتنی دفعہ بھاگی ہے۔۔ اس سے زیادہ الفاظ میرا ساتھ نہ دے سکے۔

میں نے فون بند کر کے ساتھ والی سیٹ پر اور اپنا سر پیچھے پٹک دیا۔۔ اور جب بند آنکھوں کے پیچھے گھٹن اتنی بڑھ گئی تو ان کے کناروں سے خاموش پانی اپنا راستہ بناتا باہر نکلنے لگا۔ گھٹن تو یہ بے جان، ننھے ننھے قطرے نہیں برداشت کر سکتے۔ وہ تو پوری جاندار اور متحرک عورت تھی۔

میں ہوں پنجاب کی پوری جوان۔ اس کے ساتھ ایک انتہائی زندہ اور خالص قہقہے نے میرے اندر ایک ہلچل مچائی۔ کینڈا کی سرد اور دو چہروں والی ماڈرن زندگی میں پینٹ شرٹ، لانگ شوز پہنے، پنجاب کی اس جٹی نے مجھے سات سال پہلے مجبور کر دیا تھا کہ میں اس کے ایک چہرے کو غور سے دیکھوں۔ میں نے اسے کہا

امرت کور یہ کینڈا، پینٹ کوٹ تمھارا کچھ نہیں بگاڑ سکا تم سر پر لسی کی چاٹی رکھو، ہاتھ میں ساگ اور مکئی کی روٹی کی پوٹلی اٹھاؤ اور نکل جاؤ کھیتوں میں اپنے دلجیت سنگھ کو کھانا کھلانے۔

ہو ہائے۔۔ لے دسو۔۔ اس کے ساتھ وہ مجھ سے بڑی پیاری انگریزی میں بات کرنے لگی تھی۔۔

نہ نہ میں نے ہاتھ کھڑے کرتے ہوئے کہا تھا۔۔ still I am not impressed۔۔ امرت تمھارا جالندھر نہیں مرا نہ تمھارے اندر تو رہنے دو مت مارو اسے۔۔ اپنے اس ایک چہرے کی خوبصورتی اور قدر تمھیں نہیں پتہ تو مجھ سے پوچھو میں بتاؤں گی۔۔

سیمیں جی۔۔ تسی مینوں چنگے لگدے او۔۔ کیوں ؟اس کا کارن۔۔ مجھ سے پچھو۔۔

اس کی خوبصورت آنکھوں میں شرارت کی پھلجڑی چلی۔

دسو۔۔ میں نے اسی کے انداز میں کہا۔۔

آپ ابھی تک ایک منہ والے لوگوں کی پچھان رکھتے او۔ اور ان کی قدر کرتے ہو۔ ورنہ مجھ نکمی کو کون منہ لگاتا ہے۔ آپ میں کچھ ہے بھگوانوں جیسا۔۔ میں لاکھ نکمی سہی لیکن صاف دل والوں کو پچھان لیتی ہوں۔ آپ میری سہیلی بن جاؤ۔ بس !اس نے اعلان والے انداز میں کہا تھا۔۔

میں ہنس پڑی۔۔ یہاں کس کو وقت ہے سہیلی بننے کا۔ مگر میں تمھاری سہیلی ہی ہوں۔۔

میری سسٹر بن جاؤ۔۔ اس نے میری گردن کے گرد باہیں ڈال کر مجھے چمٹتے ہوئے کہا۔۔ اچھا اچھا میں نے ہنستے ہنستے اس کے بازو اپنی گردن سے جدا کرنے کی کوشش کی۔

وقت کے ساتھ ساتھ اس کے بازو میری گردن کے گرد اور کستے گئے۔ ملنے ملانے کا وقت نہ اس کے پاس ہوتا نہ میرے پاس۔ مالٹن اور ملٹن کے شہروں میں فاصلے تھے مگر فون کی تاروں نے ہمیں آپس میں باندھنا شروع کر دیا۔ پھر ایکدم وہ غائب ہو گئی تھی، کوئی رابطہ نہیں۔ دو سال ایسے ہی گذر گئے۔ آج بچوں کے سکول کی پارکنگ کے باہر کھڑے میں سوچ رہی ہوں مجھے ان دو سالوں میں ایک دفعہ بھی خیال نہیں آیا کہ وہ کسی مصیبت میں ہوگی۔ میں اپنی زندگی کی الجھنوں کو سلجھانے میں اور اپنی ذات کو بچانے کے چکر میں ارد گرد سے ویسے ہی بیگانہ ہوتی جا رہی تھی۔ پھر بھی کبھی کبھار روٹین میں اس کا نمبر ڈائل کر دیتی، نمبر بند ملتا۔ اور اس کے بعد میں کچھ اور میں مصروف ہو جاتی۔ پھر ایک دن اس کا فون آ گیا۔ اور اس کی آواز سنتے ہی مجھے احساس ہوا کہ یہ تو بہت دنوں بعد فون کر رہی ہے۔ میں نے فوراً گلے شکووں کی دکان کھول دی۔ وہ پہلے یہ شٹر گرانے کی کوشش

کرتی رہی۔ پھر ایکدم رو پڑی۔ میں بولتے بولتے چپ ہوئی یہ سسکیاں کہاں سے ابھر رہی ہیں۔ اگر دوسری طرف امرت کور ہے تو اب تک قہقہہ کیوں نہیں سنائی دیا۔

امرت ؟؟ میں نے سہمے سہمے پوچھا۔۔ تم رو رہی ہو ؟

آنسوؤں، ہچکیوں، بار بار فون بند کرنے کے بعد مجھے بات کچھ اس طرح سمجھ آسکی کہ وہ معاشی پریشانیوں کا بہت برے طریقے سے شکار رہی تھی۔

اس کے شوہر نے اپنے آپ کو بھی اور اس کو بھی بنک کرپٹ کروادیا تھا۔ اس کے علم کے بغیر اس کے نام کی کریڈٹ لائنز تھیں، اس کے کریڈٹ کارڈ استعمال کئے ہوئے تھے۔ اس کے 3600 سکوئر فیٹ والا گھر اور اس کی مرسڈیز، کچھ بھی اب اس کے پاس نہیں تھا۔ اور ایک دن جب وہ ہڈیاں ابھرے چہرے کے ساتھ پرانی، زنگ آلود کرولا میں مجھ سے ملنے آئی تھی تو میں نے اسے کہا تھا

میری پنجاب کی جٹی کہاں ہے ؟

اس نے ہنسنے کی کوشش میں روتے روتے میرے گلے لگتے ہوئے کہا۔۔ وہ اب کرائے کی بیسمنٹ میں دھیرے دھیرے دفن ہو رہی ہے۔

سیمیں جی ہم لوگ مردے جلاتے ہیں مگر سکھوں میں اب نیا رواج پڑنے والا ہے زندہ مردوں کو دفنانے والا۔۔

مالی مسائل سے اتنا نہیں گھبراتے، یہ شکر کرو تمھارے بچے، تم اور تمھارا شوہر سب صحتمند ہیں۔ میں نے ٹشو سے اس کے آنسو پونچھتے ہوئے کہا تھا۔ بچوں کو رب جندگی دے۔۔ مگر میں جینا نہیں چاہتی۔۔ آنسو ٹشو بھگوتے جا رہے تھے۔۔

صرف اس لئے کہ تمھارا بڑا گھر، گاڑی نہیں رہی ؟

یہ بات نہیں ہے۔۔ وہ چپکے سے بولی۔

تو کیا کو لیکشن ایجنسیوں کی کالز نے تمھارے اعصاب متاثر کر دیے ہیں اور اس کے بعد بنک کرپٹ ہونے کی ذلت۔۔ کیوں موت کی بات کر رہی ہو۔۔ کیوں ہنسنا بھول گئی ہو ؟

وہ مجھے چھڈ کر چلا گیا تھا جس نے میری رکھشا کی جمہ واری اٹھاتے ہوئے کہا تھا ساری جنگدی میری حفاظت کرے گا وہ کائیر پیسے کی تنگی میں مجھے فنسا کر اپنے ماں باپ کی بگل میں گھس گیا تھا۔۔ سارا کچھ سہ سکتی تھی، اپنے ساتھ کھڑا کر کے شٹرک پر بھیگ مانگنے کو کہتا وہ بھی کر لیتی۔۔ پر مجھے کلا کر گیا۔ یہ بات نہیں جہن (ذہن) سے نکلتی۔۔ فنس گئی ہے۔۔ اب واپس بھی آ گیا ہے مگر اس وقت کو کیسے بھولوں جب میں اپنے ماں باپ اور بھائیوں سے پیسے منگ منگ کے ان مسئلوں سے نکلی۔۔ گراسری تک میری ممی میرے ساتھ جا کے کرتی اور جب پیسے دینے کی باری آتی تو میں بے شرموں کی طرح اپنی بوڑھی ممی کو اپنے پنشن کے پیسوں سے بل دیتے دیکھتی اور اپنی گیلی اور بے شرم آنکھیں ادھر ادھر کر دیتی۔۔ اس سب نے مجھے مار دیا ہے۔ میں جندہ تو نہیں۔۔ بچوں کو جب کچھ ترو کے اتنے بڑے گھر سے بیسمنٹ میں لا کر فینکا تو میرا چھوٹا بہت بلک بلک کے رویا تھا۔۔ اور ووڈے نے کہا ماما اب میں اپنے دوست گھر نہیں لا سکتا۔۔ میں تھاہ مر گئی سیمی جی۔ ان بچوں نے ہمیں چٹھی نہیں ڈالی تھی کہ ہمیں پیدا کرو۔۔ ہم نے انہیں پیدا کیا اور اب یہ زندگی دی انہیں۔ سب باتیں بھول جاؤں۔۔ مگر مجھے کلم کلی کو چھڈ گیا۔۔ یہ جہن سے نہیں نکلتا۔۔ اس کی آنکھیں اب آنسوؤں سے بھی خالی تھیں۔

یہ بھی ذہن سے نکالنے کی کوشش کرو۔ زندہ ہو تو پھر زندہ رہ کر ہی جیو۔۔ امرت مردے زیادہ دن سپورٹ لائف پر نہیں جی سکتے۔ کوئی بھی ان کی سپورٹ ختم کر دے تو بس کہانی ختم۔۔ میں نے اپنے آنسو اپنے اندر ہی کہیں پھینکتے ہوئے کہا تھا۔

اور یہ دلجیت سنگھ سمجھ رہا ہے وہ آج بھاگی ہے۔۔ وہ تو اس دن ہی بھاگ گئی تھی جب وہ اسے چھوڑ گیا تھا۔ دلجیت نے سوچا وہ واپس آگیا تو وہ پھر سے اکٹھے ہیں۔ اس ناقص عقل نے یہ نہ دیکھا کہ جب وہ واپس آیا تو امرت کور تو وہاں تھی ہی نہیں۔ وہ اپنے ساتھ بٹھا کر اس سے باتیں کرتا، اس کے ہاتھ کا پکا کھانا کھاتا، اور رات کو اس کے ساتھ جب سوتا اور سرشاری کے انتہائی لمحے میں کہتا۔۔ رب دا شکر ہے اسی فیر اکھٹے آں۔ اور وہ اس کی فراغت کے بعد، منہ پر ہاتھ رکھے اپنی ابکائی کو دبائے اسے دھکا دے کر پیچھے کرتی اور شاور کے نیچے جا کر کھڑی ہو جاتی اور اپنا جسم مل مل کر دھوتی اور اگلے دن مجھ سے کہتی،

اچھا اب میں ایسا نہیں کہتی کہ میں مر جاؤں مگر سیمیں جی کیا ایسا ہو سکتا ہے کہ میں صرف ان پندرہ منٹوں کے لئے مر جاؤں۔۔ میں ڈانٹتی تو کہتی اچھا پندرہ منٹوں کے لئے بھی نہیں مرتی مگر کیا اتنی دیر کو بے ہوش ہو سکتی ہوں؟

میں کار پارکنگ میں گاڑی میں بیٹھے بیٹھے پتھر کی ہو گئی ہوں

۔ ہوں !! پھر بھی ہنکارا بھرتی ہوں۔۔ تو دلجیت سنگھ کو نظر آگیا کہ وہ بھاگ چکی ہے۔ میں نے تو اسے بھاگتے اس وقت بھی سنا جب وہ مجھے فون پر کہہ رہی تھی

سیمی جی اس وقت فون کیوں کیا؟ کیوں اس وقت کیا ہے؟ میں اس کے انداز سے چونکی۔

میں اپنا کام کر رہی تھی۔ اس کی آواز میں سرشاری تھی۔۔ اپنا کام؟ میں نے کچھ نہ سمجھتے ہوئے کہا۔۔ ہاں جو وہ کتا رات کو میرے ساتھ کرتا ہے۔۔ میں خوفزدہ ہو کر بولی کون ہے تمھارے ساتھ۔۔؟ اس نے وہی بھرپور پنجابی قہقہہ مارا۔۔ کوئی تو ابھی ڈھونڈ رہی ہوں۔ فی الحال میں خود کافی ہوں۔۔

مجھے کراہت سی محسوس ہوئی۔ جس کام سے فون کیا تھا وہ بتائے بغیر میں نے فون بند

کر دیا۔۔ اس کے بعد بہت دنوں تک میں نے اس سے رابطہ نہ کیا۔ وہ مجھے فون کرتی تو بہت مرتبہ میں اٹھاتی ہی نہ اور جب اٹھاتی تو ہیلو کہتے ہی کہہ دیتی میں مصروف ہوں دوبارہ کرتی ہوں۔۔ اور پھر میں اسے کبھی فون نہ کرتی تھی۔۔

پھر ایک دن اس کا مجھے سیل فون پر ٹیکسٹ آیا کہ میں نے آپ کو اپنا بھگوان، خدا، رب سب کہا تھا۔۔ اس کا یہ مطلب نہیں کہ جیسے وہ ہماری نہیں سنتے آپ بھی میری سننا چھوڑ دو۔۔ آپ اب میری ماں، باپ، بہن، بھائی اور دوست سب کچھ ہو۔۔ دیوتاؤں کے جوتوں سے نکلو، ان دنیاوی رشتوں میں گھسو۔۔ اور مجھے دیکھو میں بہت تکلیف میں ہوں۔

میرے اندر کا جج اس پیغام کے بعد ایک دم ڈھیلا پڑ گیا۔ میں نے اسی وقت اسے فون کیا۔۔ اور جھوٹے سچے مصروفیت کے بہانے لگانے کے بعد اس کا حال چال پوچھا۔۔

دو خوشخبریاں ہیں۔۔ اس نے چہکتے ہوئے کہا۔

تمھارا تو میسج تھا کہ تم تکلیف میں ہو۔۔ میں نے سکون کا سانس اندر کھینچتے ہوئے کہا۔

جس چیز کی عادت نہ رہے وہی تو تکلیف دیتی ہے۔ اس نے بات جاری رکھی۔

خوشخبری نمبر ایک۔ اب کتا میرے پاس رات کو کم کم۔۔ بلکہ نہ ہونے کے برابر آتا ہے۔۔ اور پھر وہی پنجابی قہقہہ مارتے ہوئے بولی۔۔ ٹائلٹ میں گھنٹہ گھنٹہ لیپ ٹاپ لے کر گھسا رہتا ہے۔۔ اچھے حالات ہوتے تو میں آپ کو کہتی لیپ ٹاپ میری سوکن بن گیا ہے مگر اب تو میرے لئے کیا آپ کہتی ہو جی۔۔ رحمت۔ ہاں رحمت بن گیا ہے جی۔

خوشخبری نمبر دو۔۔ مجھے ایک سچل پنجاب کا غیرت مند، ذہین گھبرو جوان مل گیا ہے۔ اب آپ کی پنجاب کی جٹی واپس آ جائے گی جی۔

اور مجھے سمجھ نہ آئی ان دونوں خوشخبریوں پر خوشی کا اظہار کیسے کروں۔۔ اسی لئے میں نے چہرے پر مسکراہٹ گھسیٹتے ہوئے پوچھا تو کیا تم دلجیت سنگھ کو چھوڑ رہی ہو؟

لے۔ !!بچوں کو رول دوں کیا سوچیں گے پہلے باپ نس گیا اب ماں چھڈ گئی۔ پھر آپ کو تو پتہ ہی میرے بھائی اور ماں سب سے پہلے انہوں نے شور مچانا ہے اور کہنا ہے ساڈی نک کٹی گئی۔۔ میرا ساتھ کون دے گا۔ نہ جی اس کو اسی طرح ساتھ رکھنا ہے۔ اور اب بس میں نے دو چہرے بنانے ہیں۔

۔ پھر ایکدم اسے کچھ یاد آ گیا اور چونکتے ہوئے بولی آپ کو تو میرا ایک چہرہ پسند تھا نا۔۔ اسی وجہ سے آپ نے دھرم کو درمیاں میں لائے بغیر مجھ سے دوستی کی تھی۔۔ آپ مجھے چھوڑ تو نہیں دو گی۔۔؟ آپ مجھے کبھی نہ چھوڑنا۔

سٹیر نگ کے اوپر میرے ہاتھ بے جان پڑے ہیں، گاڑی چلا کر گھر کیسے لے کر جاؤں گی۔۔ وہ بھاگی تو بہت دفعہ تھی، پھر کبھی بچوں کے لئے، کبھی ماں باپ کے لئے، کبھی بہن بھائیوں کے لئے، کبھی کمیونٹی کے لئے وہ بھاگی ہوئی نظر نہ آتی تھی۔۔ اب وہ کیوں ایسے بھاگی کہ نظر آ گئی، سنائی دے گئی، محسوس ہو گئی۔۔ کیوں؟؟؟؟؟؟؟

۔۔۔ وہ اندر سے رنڈی تھی۔۔۔ اس کے شوہر کے الفاظ سوئے ہوئے بھی میرے کان میں گونجے تو تو میں ہڑبڑا کر اٹھ بیٹھی، ساتھ لیٹے ہوئے اپنے شوہر کے بازو پر سر رکھ کر اس کے سینے کے ساتھ دبک گئی۔ رنڈی میری دوست تھی؟ میں بڑبرائی، وہ جاگ گیا تھا۔ اس نے مجھے ساتھ بھینچتے ہوئے کہا میں تو تمھیں پہلے ہی کہتا تھا سکھ عورتیں اور طرح کی ہوتی ہیں۔ اور یہ تو کچھ زیادہ ہی۔۔۔ میں نے بات پوری ہونے سے پہلے دھکے سے اسے پیچھے کیا۔۔ اور چلائی

نہیں وہ صرف جینا چاہتی تھی۔ وہ عام سی زندہ عورت تھی، قہقہہ مار کر ہنسنا، اپنی مرضی کے کپڑے پہننا اور بارش میں ناچنا چاہتی تھی۔ کہہ لو بس اپنی زندگی کو جینا چاہتی تھی زندوں کی طرح مگر سب۔ اسے مارنے کی مسلسل کوشش میں لگے ہوئے تھے

اور میں روتی روتی اپنے کمرے سے نکل کر اپنی بیٹیوں کے کمرے کی طرف بھاگی۔
وہ میرے پیچھے پیچھے آگیا۔ اس کی نیند اکھڑ گئی تھی۔ واپس کمرے میں آؤ۔ نہیں آتی میری رگیں تن گئیں۔۔ وپ منت سماجت پر اتر آیا۔ اور آخر کار جب بچیاں نیند سے ڈسٹرب ہونے لگیں تو غصے سے چلایا۔

بد کردار عورتوں سے دوستی رکھو گی تو میری بیٹیوں پر بھی اثر پڑے گا۔۔ تم جاؤ جہنم میں۔۔ وہ اپنی شکست کو اپنے تیئں پیروں تلے کچلتا اور مجھے دانتوں میں کچکچاتا چلا گیا۔

امرت کور جب مردہ حالت میں میرے پاس آئی تھی تو میں اس کے جنازے کی چارپائی اکیلے نہیں اٹھا پائی اور اس رات میں نے اپنے شوہر کو اس کے بارے میں سب بتا دیا تھا۔ اس وقت اس نے مجھے سمجھایا کہ اس سے دور رہو ایسی مسائل زدہ عورتیں، نفسیاتی مسائل کا شکار ہوتی ہیں۔ تم پر چاہتے نہ چاہتے ہوئے بھی اثر ہو جائے گا۔ اور میں اس کے بعد جب بھی امرت کور کی کوئی بات سنتی چاہتے یا نہ چاہتے میرے دل میں شوہر کی طرف سے دی ہوئی وارننگ کا الارم بج جاتا۔ اور میرے اندر بیٹھا جج اپنا ہتھوڑا لئے حدِ ادب حدِ ادب کہتا میز بجانے لگتا۔ کیا میں امرت کور کو سنگسار کرنے والوں میں انجانے طور پر شامل ہو چکی تھی؟

اس کا جواب مجھے دو دن بعد مل گیا۔ امرت کور پڑھی لکھی ہونے کے باوجود کمپیوٹر کو استعمال کرنے میں ہمیشہ ہچکچاہٹ کا مظاہرہ کرتی تھی۔ مگر آج میرے ان باکس میں اس کی طرف سے آیا ہوا پیغام جگمگا رہا تھا۔ میں نے بے تابی سے ای میل کھولی۔۔ رومن اردو میں تھی، جسے وہ پنجابی ملی ہندی کہتی تھی۔۔

سیمیں جی! نمستے!

مجھے پتہ ہے اب تک آپ کو میرے بھاگنے کی خبر جرور مل گئی ہو گی۔ کیونکہ گھر

چھوڑنے سے پہلے جو پورا ہفتہ تھا دلجیت آپ کو بہت کوسنے دینے لگ گیا تھا، وہ سمجھتا تھا کہ اس کے ساتھ جو موت جیسا ٹھنڈا اور خاموش ایگر منٹ اور اپنی ذات پر توجہ دینے کا جو کام میں نے شروع کیا ہوا ہے وہ آپ نے مجھے کوئی پٹی پڑھائی ہے کیونکہ چاہتے نہ چاہتے ہر بات میں آپ کا نام میرے منہ سے نکل جاتا تھا۔ میرے لئے تو جی سب کچھ آپ ہی تھی نا جی۔ میں کوئی بات چھپا نہیں سکتی۔ پہلے اس کے سامنے کھلی کتاب کی طرح تھی مگر جب اس کے سامنے میں نے اپنے سارے ورقے سمیٹ لئے تو پھر آپ میری بھگوان بن کر میری زندگی میں آگئی تھیں جی۔ جب میں اللہ یا بھگوان کہتی تو کہتا ہندو یا مسلی ہو جا۔۔ سکھ دھرم میں تیرے جیسی جاتی کا کیا کام۔۔ رب کی جگہ آپ میری بات سنتی تھی جی۔۔ بڑا سہارا ہو گیا تھا جی۔ ویروار کو پتہ ہے نہ میں ورت (اپواس) رکھتی ہوں، اس دن بھی ویروار تھا، اس نے جیادہ ہی پی لی۔ چیزیں اٹھا اٹھا کر مجھے مارنے لگا میں اپنے آپ کو بچانے لگی، پھر بھی کچھ سخت چیز سر پر لگی اور خون بہنے لگا میں اپنا خون دیکھ کر ڈر گئی کملیوں کی طرح یہاں وہاں بھاگنے لگی، اس وقت بیسمنٹ کی سیڑھیوں سے مجھے اپنے ممی ڈیڈی اور بھائی اترتے نظر آئے۔ میں بھاگ کر ان کو چمٹ گئی،، سوچا رب نے ان کے تار ہلا دئے، اور مجھے بچانے بھیجا ہے، ممی نے ایک لمحے میں مجھے سینے سے لگا لیا۔۔ میں نے آس بھری نظروں سے انہیں دیکھا اور کہا ممی مجھے اس کے ساتھ نہیں رہنا۔ مگر سیمی جی ڈیڈی اور بھائی نے کھینچ کر مجھے ممی کے سینے سے الگ کیا اور کہا

شریف کڑیاں گھر بساتی ہیں۔ ہماری ناک کا سوچ اپنے چونچلوں کا نہیں۔۔ نبٹ۔ یہاں رہ کے نبٹ۔

اور دونوں میری ممی کو درمیاں میں گھسیٹتے ہوئے لے گئے۔۔ اس دن میں نے آپ کو رب کے ساتھ ساتھ اپنا پریوار بھی بنا لیا۔۔ آپ کو نہ بتانے والی باتیں بھی بتانے

لگی۔ ادھر پروبندر سے دل لگالیا۔۔ ایسا لگنے لگا وہ میرا کیا کہتے ہیں soul mate ہے یا مجھے اس دکھ سے نکالنے والا وہی ایک بندہ ہے۔ مگر میرا یہ ناجائز رشتہ آپ کو پسند نہیں آیا تھا۔۔ آپ مجھے منع بھی نہ کرتی لیکن آپ کی آنکھوں کا رنگ بھی بدلنے لگا تھا۔۔ آپ میرے ساتھ چپ ہو گئی تھیں۔۔۔ اور اس کے بعد آپ کی چپ بھی مجھے کہنے لگی آپ نبٹ!!!!!!

اور جس دن سیمیں جی میرے اٹھارہ سال کے بیٹے نے میرے آٹھ سال کے بیٹے کے سامنے مجھے دھکا دے کر زمین پر گرایا اور کہا آ لینے دے پاپا کو بتاتا ہوں تو فون پر کس سے دانت نکال نکال کر باتیں کرتی رہتی ہے اور میرے ہاتھ سے میرا فون کھینچ کر میرے سر پر دے مارا اور کہنے لگا ماما اس سے اچھا تم مر جاؤ۔ تو مجھے لگا یہ بات آپ کو بھی بتائی تو آپ کی چپ اور بڑھ جائے گی اور کل کو آٹھ سال کے بیٹے سے بھی دھکے کھانے کی گھڑی نہ آجائے میں چپ چپیتے پچھلے سارے دروازے بند کر کے پروبندر کے پاس آگئی۔۔ اس کے سامنے اپنے پیٹ سے کپڑا اہٹایا۔۔

اس نے بس اتنا کہا امرت میرے بال بچے ہیں۔ پورا پریوار ہے، پر تیرا دکھ سمجھتا ہو۔ تجھے کلا نہیں چھوڑوں گا۔ یہاں ایک اپارٹمنٹ لے دیتا ہوں تیرے پاس گڈی ہے۔ موج کر میں آتا جاتا رہا کروں گا تیرے پاس

۔۔ میں مانٹریال آگئی ہوں۔ سیمی جی یہ بات کسی کو نہ بتانا جی۔۔ آخری دفعہ آپ کو اپنے گندے کرتوتوں کا ہم راز بنا رہی ہوں جی۔۔ دلجیت کہتا تھا۔ میں رنڈی تھی غلطی سے شریف گھرانے میں پیدا ہو گئی تھی اور شریف گھر میں بیاہی گئی تھی۔ سیمی جی دنیا، میرا کھاندان، بچے جو بھی سمجھتے رہیں بس آپ اتنا جان لو کہ میں اب رنڈی ہوں پہلے نہیں تھی۔

اس سے زیادہ لکھا نہیں جا رہا۔ میں آپ کی دوستی کے قابل نہیں رہی۔ معاف کر

دینا۔۔ اپنا خیال رکھنا۔۔

میں نے ای میل پڑھ کر جلدی سے ڈیلیٹ کر دی اور پھر ڈیلیٹیڈ آئیٹمز میں جا کر پھر ڈیلیٹ کر دی۔۔ کہیں میرا شوہر نہ پڑھ لے۔ اس کو میں نے کھرچ کھرچ کر اپنے ان باکس سے نکال دیا۔۔ لیپ ٹاپ بند کیا اور اپنے شوہر کے کندھے کو آہستہ سے سے ہلا کر پوچھا: کیا امرت کور بد کردار تھی؟

اس نے کتاب بند کر کے سائیڈ ٹیبل پر رکھی اور خمار بھری آنکھوں سے مجھے دیکھتے ہوئے بڑے پیار سے کہنا لگا!

نہیں وہ بس زندہ رہنا چاہتی تھی۔۔ میں چلائی

سجاد تم جھوٹ بولتے ہو۔۔ وہ رنڈی تھی۔۔

اس نے ہنستے ہوئے کہا۔۔ نہیں یار وہ بس بارش میں رقص کرنا چاہتی تھی۔۔ پھر ایکدم سنجیدہ ہوتے ہوئے بولا اب تم پھر نہ بچوں کے کمرے میں بھاگ جانا۔۔۔ میں ایک فضول عورت کے لئے اپنے بیڈ روم میں یہ روز روز کا تماشا نہیں برداشت کر سکتا۔

اور پھر اس نے غصے سے جلتا لیمپ بند کر دیا۔۔ اور میں نے اندر ہی اندر پوری قوت سے چیختے ہوئے امرت کور سے پوچھا

۔۔ کیا کوئی ایسی موت ہوتی ہے جو صرف پندرہ منٹ کے لئے آ جائے۔ موت نہ سہی بے ہوشی ہی سہی۔؟

اور مانٹریال کے سرد علاقے کی طرف سے اس کا جواب آیا۔۔۔ سمیں جی میں پہلے رنڈی نہیں تھی۔ اب ہوں۔

میں دوبارہ پیدا ہوئی ہوں۔۔

(۳) یتیم

آصف بھٹی

وہ جیسے ہی گھر میں داخل ہوا سب کی نظریں اُس کی طرف اُٹھ گئی اور اُس کے قدم بھی دروازے میں ہی جم گئے سارا صحن لوگوں سے بھرا ہوا تھا بابا صحن میں چارپائی ڈالے سفید چادر اوڑھے سو رہے تھے اماں اور اُس کی دونوں بہنیں اور پھوپھو اُن کے سرہانے بیٹھی رو رہی تھی محلے کی کچھ عورتیں بھی اُن کے پاس بیٹھی رو رہی تھی اماں اُسے دیکھتے ہی ڈھاریں مارنے لگی وہ حیران و پریشان وہیں کھڑا رہ گیا جانے چاچا کہاں سے آ گئے وہ بھی رو رہے تھے انہوں نے اُسے اُٹھا کر سینے سے لگا لیا اُسے کچھ سمجھ نہیں آ رہی تھی کہ سب کیو ں رو رہے ہیں اور اتنے شور میں بابا سو کیسے رہے ہیں پھر اماں نے بھی اُسے خود سے چمٹا لیا وہ بری طرح رو رہی تھی اُس کی بہنیں اور پھوپھو بھی اُس سے لپٹ گئی۔

ہائے! میرا بچہ۔ اماں اُسے سینے سے لگائے کہہ رہی تھی۔ تو یتیم ہو گیا۔ ایک تیر سا اُس کے سینے میں اُتر گیا اُس نے چونک کر بابا کو دیکھا وہ عمر کے اُس حصے میں تھا کہ وہ یہ باتیں نہیں سمجھ سکتا تھا مگر کڑی دھوپ میں سایہ اُٹھ جانے اور جلنے کا احساس اُسے شدت سے محسوس ہوا اُس کی آنکھوں میں خود بخود آنسو آ گئے۔

کیا بابا اب کبھی نہیں اُٹھیں گے؟ اُس نے خود سے سوال کیا۔ کیا اب کبھی بھی اُسے پیار نہیں کریں گے؟ کیا وہ کبھی اُن کی کمر پر بیٹھ کر سواری نہیں کر سکے گا؟ جواب نفی میں تھا وہ رونے لگا۔

نہ رو میرے بچے! اماں تڑپ کر اُس کے آنسو پونچھنے لگی۔

اماں بابا کو کیا ہوا ہے۔ اُس نے اماں سے سوال کیا۔

علی! بابا مر گئے۔ اماں سے پہلے ہی آپی بول پڑی۔

بابا مر گئے۔ اُس نے دہرایا۔

نہیں بیٹا۔ اماں جلدی سے بولی۔ تیرے بابا شہید ہوئے ہیں اور شہید مرا نہیں کرتے۔

تو پھر یہ اُٹھ کر بیٹھتے کیوں نہیں۔ اُس نے پوچھا اماں کے پاس کوئی جواب نہیں تھا وہ اُسے سینے سے لگا کر پھر رونے لگی۔

بھابی! آپ زیادہ مت روئیں۔ پھوپھو نے اُسے اماں کی گود سے اُتار لیا۔ آپکی طبیعت ٹھیک نہیں۔ اُس نے چونک کر اماں کو دیکھا۔

کیا اماں بھی مر جائیں گی۔ اُس نے سوچا اور پھر تڑپ کر پھوپھو کی گود سے اُترا اور اماں سے لپٹ کر بری طرح رونے لگا۔

علی! مت رو بیٹا۔ پھوپھو اُسے پچکارنے لگی مگر ایک سیلاب تھا جو اُس کے اندر اُمڈ آیا تھا آنسو رکنے کا نام ہی نہیں لے رہے تھے اماں بھی پریشان ہو گئی وہ اپنا دکھ بھول کر اُسے چپ کروانے لگی چاچا بھی لپک کر آ گیا پھوپھو نے بھی بہترا پچکارا مگر وہ اماں سے لپٹے روتا رہا وہ بابا کی طرف دیکھنے سے احتراز کر رہا تھا مگر جب چاچا اور بابا کے دوست اُن کی میت اُٹھا کر قبرستان جانے لگے تو وہ بابا سے لپٹ گیا۔

بابا! دیکھئے میں ہوں۔ وہ اُن کا چہرہ اپنے ننھے منے ہاتھوں میں لے کر بولا۔

بابا! اُٹھئے نا۔ مگر بابا نے کوئی جواب نہ دیا۔

علی! بیٹا پیچھے ہٹو۔ چاچا نے اُسے پیچھے ہٹانا چاہا۔

نہیں !وہ بابا پر بجھ گیا۔ میرے بابا کو مت لے جاؤ۔ اُس نے چاچا سے التجا کی۔

علی !چاچا نے زبردستی اُسے اُٹھالیا۔

مجھے چھوڑوں !وہ چاچا کا منہ نوچنے لگا۔ میں بابا کے ساتھ جاؤں گا۔ چاچا نے اُسے سینے سے چمٹا لیا وہ بری طرح ہاتھ پاؤں چلا رہا تھا۔

مجھے چھوڑو!

اُس نے چاچا کو گالی بھی دیدی بابا کے دوستوں نے بابا کی میت اُٹھالی۔

مجھے چھوڑو!میں بس ایک بار بابا کو دیکھوں گا۔اُس نے التجا کی چاچا اُسے میت کے پاس لے گیا اُس نے بابا کے بوسہ دیا چاچا نے اُسے پھوپھو کے حوالے کیا اور میت اُٹھا کر گھر سے نکل گئے وہ بابا کے کمرے کے باہر جا بیٹھا چاچا اور اُن کے دوست بابا کو دفنا کر لوٹ آئے پھوپھو نے کھانا لا کر اُس کے سامنے رکھا مگر وہ بھیگی بھیگی پلکیں لیے یونہی بیٹھا رہا اماں اپنے کمرے کے دروازے میں بیٹھی رو رہی تھی اُس کی دونوں بہنیں اُن کے دائیں بائیں اُن سے لپٹی بیٹھی تھی وہ دور بیٹھا بس اُنہیں دیکھتا رہا وہ رات یونہی سوتے جاگتے گزر گئی وہ ایک دن اُس کی عمر میں کئی سال کا اضافہ کر گیا وہ پہلے والا علی نہیں رہا تھا پانچ سال کی عمر میں ہی وہ پکی عمروں والی سوچ رکھنے لگا تھا وہ اُس دن کے بعد رویا نہیں تھا بلکہ چپ چپ رہنے لگا تھا اماں پھوپھو اور اُس کی بہنیں کئی دن تک روتی رہی تھی وہ چپ چاپ ایک طرف بیٹھا اُنہیں دیکھتا رہتا تھا آنسو جیسے خشک ہو گئے تھے کچھ دن بعد وہ پھر سے اسکول جانے لگا زندگی پھر اپنی پرانی روش پر چل پڑی بس اک کمی تھی تو بابا کی جسے وہ شدت سے محسوس کر رہا تھا یوں تو بابا پہلے بھی چھٹیوں میں کچھ ہی دن کے لیے گھر آتے تھے مگر پھر بھی ایک امید رہتی تھی جو کہ اب بالکل ختم ہو گئی تھی یہی گھر کچھ دن پہلے تک اُس کے اور اُس کی بہنوں کے قہقہوں گونجتا رہتا تھا مگر اب گھر میں مکمل خاموشی رہتی تھی اماں کی

طبیعت اکثر خراب رہتی تھی وہ اپنا زیادہ وقت اپنے کمرے میں ہی رہتی تھی اُس کی بہنیں بھی اُن کے پاس رہتی اور وہ بھی اسکول سے آکر اپنے کمرے میں ہی رہتا تھا کبھی کبھی جب خاموشی کاٹنے کو دوڑتی تو باہر نکل جاتا مگر اب اُس کا دل کسی چیز میں نہیں لگتا تھا مگر ایک دن جب وہ اسکول سے گھر آیا تو چونک گیا گھر کی خاموش فضا میں ننھی ننھی آوازیں اُبھر رہی تھی اُس کی دونوں بہنیں اُسے دیکھتے ہی چہکتی ہوئی اُس کے پاس آئی۔

علی !اللہ نے ہمیں ایک اور بھائی دیا ہے۔باجی اُس کا گال مسلتے ہوئے بولی وہ چونک گیا آپی بھی مسکرا رہی تھی بابا کے جانے کے بعد پہلی خوشی نے گھر میں قدم رکھ دیا تھا اُسے سمجھ نہیں آرہی تھی وہ کیا کرے بہنیں پھر اماں کے کمرے میں بھاگ گئی اُس نے اسکول بیگ اپنے کمرے میں رکھا اور اماں کے کمرے کے باہر آکر کھڑا ہو گیا اندر سے نئے مہمان کے رونے کی آوازیں آرہی تھی اچانک پھوپھو اماں کے کمرے سے نکلی اُسے وہاں کھڑا دیکھ کر مسکرائی۔

علی !تونے بھائی کو دیکھا ہے۔اُس نے نفی میں سر ہلا دیا۔

چل آ تجھے دکھاؤں۔وہ اُس کا ہاتھ پکڑ کر اماں کے کمرے میں داخل ہو گئی اماں اپنے بستر پر لیٹی ہوئی تھی وہ بھی اُسے دیکھ کر مسکرائی سب خوش تھے اُس کی نظر اماں کے پہلو میں لیٹے کپڑوں میں لپٹے اور روتے ہوئے ننھے سے جسم پر پڑی جانے کیوں اُس کے اندر بھی خوشی کا آبشار پھوٹ پڑا۔

علی !اماں نے آہستہ سے پکارا۔بیٹا آگے آؤ اپنے بھائی کو دیکھو۔

وہ کچھ دیر سوچتا رہا پھر اماں کے قدرے قریب چلا گیا۔

دیکھو علی !یہ بالکل بابا جیسا ہے۔باجی اُس کے چہرے سے کپڑا ہٹاتے ہوئے بولی اُسے ایک جھٹکا سا لگا اور وہ تیر کی طرح اُس تک پہنچا اور جھک کر اُسے دیکھنے لگا وہ رو رہا تھا

علی اُس کے پاس بیٹھ گیا ایک ہاتھ سے اُس کے چہرے پر پڑا کپڑا ہٹایا روتا ہوا بچہ اُس کا لمس پا کر ایک لمحے کو چونکا اور آنکھیں کھول کر اُسے دیکھنے لگا اُس نے رونا بھی بند کر دیا ایک لمحے میں محبت کا ایک گہرا سمندر اُس کے سینے میں موجزن ہو گیا اُس نے جھک کر اُس کے ماتھے پر بوسہ دیا۔

بیچارہ! پیدا ہونے سے پہلے ہی یتیم ہو گیا۔ پھوپھو تاسف سے بولی

اُسے ایک جھٹکا سا لگا وہ اُس کا معصوم سا چہرہ دیکھنے لگا۔

نہیں! وہ تڑپ کر پھوپھو کی طرف مڑا۔ میرا بھائی یتیم نہیں ہے آج سے میں اسکا بابا ہوں خبردار جو کسی نے میرے بھائی کو یتیم کہا۔ سب حیرت سے اُسے دیکھنے لگے اماں کی بھی سسکی سی نکل گئی۔

یہ یتیم نہیں ہے۔ وہ پھر اُس پر جھک گیا۔ یہ میرا بیٹا ہے میں اسکا بابا ہوں۔

(۴) چوتھی بیوی

عشرت معین سیما

سلمیٰ مبین خان کی تیسری بیوی تھی اور اب مبین خان کو چوتھی شادی کرنے کا جنون سوار تھا کیونکہ کسی نجومی نے بتایا تھا کہ ان کی چوتھی بیوی ان کے لیے مبارک ثابت ہوگی اور صحیح معنوں میں گھر کی لکشمی بھی اور تیسری شادی کئے بغیر چوتھی دلہن لانا ناممکن تھا۔

مبین خان صرف سترہ برس کی عمر میں اپنا گھر بار چھوڑ کر پردیس سدھار گئے تھے۔ گاؤں کے بے رحم حالات نے انھیں ایسا کرنے پر مجبور کیا تھا شہر کی چمچماتی زندگی اور منہ زور ہوا نے ان کو ایسا جکڑا کہ لوٹ کر جانے کا سوچ بھی نا پائے۔ پہلے بس کنڈیکٹر اور رفتہ رفتہ بس ڈرائیور کے عہدے پر آگئے اور ایک دن اپنے ذاتی لاریوں کے اڈے کا خواب دیکھ رہے تھے۔ اور کیوں نہ دیکھتے خواب دیکھنا تو ہر آزاد شہری کا حق ہے اور یوں بھی خواب دیکھنے پر کونسا ٹیکس لگتا ہے یا کوئی خاص پرمٹ لینا ہوتا ہے لہٰذا وہ یہ کام دل کھول کر کرتے جب بھی موقع ملتا ایک نسوار کی چٹکی آستین سے نکال کر منہ میں دانتوں اور گال کے درمیان بھری اور ایک لمبا سانس لیکر خوابوں کا تانا بانا بننے میں مصروف ہوگئے۔ بڑی بے فکر زندگی تھی۔ ایک دن اچانک نا جانے کس کی دعا سے ان کا یہ خواب پورا ہوگیا۔

کچھ سال بعد ہی کراچی کے کسی لاریوں کے اڈے کے مالک نے مبین خان سے اپنی اکلوتی بیمار بیٹی کی شادی نا صرف ان سے کردی بلکہ اپنا لاریوں کا اڈا بھی اسے سونپ ڈالا اور

خود جہان فانی سے چل بسا۔ اب مبین خان زندگی کو تبدیلیوں کی جانب جاتا دیکھ رہے تھے۔ کچھ عرصے بعد اچانک ہی مبین خان کی بیوی بھی ایک بیٹی کو جنم دیکر اس دنیا سے سدھار گئی۔ اب اسے کچھ سمجھ نہیں آرہا تھا کہ وہ کیا کرے۔ محلہ اور پڑوس کی عورتوں اور مردوں نے مل کر ان کی ایک ماہ کے بعد ہی دوسری شادی کروادی۔ مگر وہ بیوی راشدہ ان کے لئے عذاب سے کم نہ تھی۔ سارادن وہ ان کی مرحوم بیوی کو کوستی رہتی اور مبین خان کی کم مائیگی کا رونا ہر آنے جانے والے سے کرتی رہتی۔ ان کی بچی کو پالنا تو درکنار تھا سارا دن وہ بے ماں کی بچی بلکتی رہتی اور ایک دن وہ یونہی بلکتے بلکتے کسی بیماری نے اسے اپنی آغوش میں لیکر اسے اس کی حقیقی ماں کے پاس پہنچادیا۔ مبین خان نے اس صدمے کو سہنے کے لئے راشدہ کو طلاق دے دی اور لاریوں کے اڈے کو بھی اونے پونے بیچ کر کسی نہ کسی طرح دوبئ آ پہنچے۔ نہ تعلیم نہ ہنر اور نہ پیسہ بالکل خالی ہاتھ وہ در در نوکری کی تلاش میں کبھی مزدوری کرتے کبھی کسی ہوٹل میں برتن دھوتے اور کبھی کبھی سارادن شہر کی خاک چھان کر آٹھ دس لوگوں کے مشترکہ کمرے میں کسی نا کسی طرح اپنی نیند پوری کر لیتے۔ ایک دن ان کی ملاقات چودھری افضل سے ہوئی جو لوگوں کو جعلی پاسپورٹ اور ویزوں پر یورپ اور امریکہ بھیجا کرتا تھا۔ مبین خان نے بھی اپنی قسمت آزمانے کا سوچا اور اپنی جمع پونجی چودھری افضل کے حوالے کر کے جاڑوں کی ایک تاریک رات کو وہ جعلی پاسپورٹ پر سفر کر کے جرمنی آ پہنچے۔ برف سے ڈھکی سڑکیں، گورے گورے لوگ اور سردی کے مارے اس کا سفید چہرہ عجیب ماتمی منظر پیش کر رہا تھا۔ سرحدی پولیس اور مترجم کے سامنے اس نے رٹی رٹائی کہانی سنانا شروع کر دی مگر اختتام سے پہلے ہی وہ سیاسی پناہ کی جیل میں گرم کپڑوں، بستر اور پھیکے مگر صحت مند کھانوں کا لطف اٹھا رہے تھے۔ وہ دل ہی دل میں سوچ رہے تھے کہ کتنے اچھے اور کتنے سادہ ہیں یہ لوگ۔ انکو معلوم ہے کہ

ہم جھوٹ بول رہے ہیں مگر پھر بھی ہم سے انسانوں جیسا سلوک کرتے ہیں انکو یاد آگیا کہ ایک بار جب کراچی میں مہاجر پٹھان جھگڑے ہوئے تھے تو وہ سچ کے ساتھ بھی اپنا دفاع نہیں کر پائے تھے بلکہ الٹا ہی پولیس کی مار کے ساتھ ساتھ اپنی تین بسوں کے جلنے کا نقصان بھی اٹھانا پڑا تھا۔ گذرے دن یاد کرتے کرتے پتا نہیں کب ان کی آنکھ لگ گئی۔ اگلے دن انھوں نے پکا سوچ لیا تھا کہ یہی ان کی منزل ہے کچھ ہونا ہو یہاں انصاف تو ہے۔ انسان کے ہاتھوں انسان کی تحقیر تو نہیں ہے۔ انکی جیل کے کمرے میں ایک اور ہندوستانی بھی موجود تھا اور اس نے ہی بتایا کہ اب یہاں سیاسی پناہ ملنا دن بہ دن دشوار ہوتا جا رہا ہے صرف شادی یا بچہ ہی اسے یہاں کے قانونی شہری کی حیثیت دلا سکتا ہے۔

مبین خان کو بچپن میں کسی نجومی کی کہی بات یاد آگئی کہ 249249 تیری چوتھی بیوی ہی تیرے نصیب کھولے گی اور تیری لکشمی ہو گی وہ 249249 وہ دل ہی دل میں چہک اٹھے۔ مگر یہاں کون کرے گا مجھ سے شادی یا کون کروائے گا میری شادی۔۔۔ وہ نہ کسی کو جانتا ہے یہاں اور نہ ہی زبان آتی ہے کہ جان پہچان کا کوئی سلسلہ بن سکے۔ اب دن رات ان کو یہ فکر ستانے لگی جیل کے صحن میں کھلی ہوا میں سانس لیتے ہوئے بھی اب انھیں گھٹن محسوس ہونے لگی تھی۔

کچھ عرصہ بعد انھیں جیل سے ایک ہاسٹل میں منتقل کر دیا گیا۔ جرمنی آئے سات ماہ ہونے کو تھے سوائے ایک افغان مترجم اور ایک دو سکھ پنجابیوں کے انکو اپنا کوئی ہم زبان نہیں مل سکا تھا۔ اب رفتہ رفتہ یہاں کی معمول کی زندگی سے انہیں اکتاہٹ ہونے لگی تھی۔ ایک بار انکی زندگی میں اچانک خوشگوار تبدیلی آئی ان کی ملاقات سلمیٰ سے ہو گئی۔ سلمیٰ کوئی اٹھارہ سالہ دوشیزہ نہیں تھی بلکہ وہ ایک پینتالیس سالہ تجربہ کار عورت تھی۔ جو پاکستان میں آنے والے زلزلے کی تباہی کے بعد سیاسی پناہ کے لئے جرمنی آئی تھی۔

پاکستان میں زلزلے کی تباہی نے تو اس کا گھر بار ختم کر ہی دیا تھا مگر کچھ بے رحم لوگ اس اکیلی عورت کی عزت کے بھی درپے تھے۔ ایک انسان دوست سماجی تنظیم کے کارکن کی مدد سے وہ جرمنی سیاسی پناہ کے لئے آگئی تھی۔ سلمٰی سے مل کر مبین خان کی زندگی میں بہار آگئی تھی۔ ہاسٹل کے عملے سمیت تمام ہی لوگوں نے اس بات کو محسوس کیا تھا کہ یہ دونوں ایک دوسرے کے قریب آرہے ہیں لہٰذا انھوں نے بھی ان دونوں کو ایک نئی زندگی کی شروعات کرنے کے لئے مواقع فراہم کرنا شروع کردئے۔

مبین خان نے موقع ملتے ہی سلمٰی سے نکاح کر لیا اور ساتھ ساتھ رہنے لگے۔ مگر بار بار یہ خیال ستاتا تھا کہ وہ اس پینتالیس سالہ پکی عمر کی عورت کے ساتھ اپنی تیس سالہ جوانی نہیں گذار سکتے۔ ذہنی ہم آہنگی ہونے کے باوجود بھی مبین خان کو اپنی زندگی میں خلا محسوس ہوتا تھا۔ ریستوران میں کام چل رہا تھا اور سیاسی پناہ کا کیس بھی۔ امیدیں کم ہونے کے باوجود سلمٰی کے ساتھ زندگی دوڑتی ہوئی محسوس ہو رہی تھی مگر مبین خان اس دوڑ سے اس وقت اکتا گئے جب انہیں کیتھرین ریستوران میں ملی۔

اگرچہ وہ عمر میں سلمٰی سے چند ہی برس چھوٹی ہو گی مگر جب وہ ٹوٹی پھوٹی ہندی زبان کے گانے گاتی، بے باک اشارے کرتی تو مبین خان کا دل اتھل پتھل ہونے لگتا۔ انھوں نے اب کیتھرین سے اصل اور دستاویزی شادی کرنے کا فیصلہ کر لیا۔ سلمٰی کو ایک بار پھر اپنی زندگی میں زلزلے کے جھٹکے کھانا پڑے مگر وہ سنبھل گئی۔ زبانی طلاق زبانی نکاح اور زبانی وعدے۔۔۔۔ دل کا حال تو خدا ہی بہتر جانتا ہے۔

مبین خان کو چوتھی بیوی لکشمی کے روپ میں ملے گی جرمنی میں کاغذات پکے ہو جائیں گے زندگی کو ٹھکانہ مل جائے گا۔ میونسپل کارپوریشن نے شادی کی درخواست قبول کر کے دو ہفتے بعد شادی کی تاریخ مقرر کی تھی۔ مبین خان خوشی سے پاگل ہو رہے تھے۔

قسمت کی دیوی ان پہ مہربان تھی۔

دو ہفتے بعد جب وہ اپنے سیاسی پناہ کے ہاسٹل سے رخصت ہو کر کیتھرین کے ایک کمرے کے فلیٹ میں آئے تو ان پہ عقدہ کھلا کہ وہ اپنی چوتھی بیوی کیتھرین کے بارھویں شوہر ہیں مگر قانونی طور پر شاید ساتواں نمبر ہے اور ان کے گاؤں میں ساتواں نمبر بڑا مبارک مانا جاتا تھا۔ کئی وسوسوں کے ساتھ اب ایک نئی امید نے ہاتھ تھام کر انہیں خوابوں کی دنیا میں داخل کر دیا تھا۔

(۵) شاید

افضال خان

"کسی سے محبت کرنے کا مطلب یہ تو نہیں ہوتا ہے کہ ہمیشہ اس کے قریب رہا جائے۔۔۔ بہت سے لوگ قریب ہوتے ہوئے بھی ایک دوسرے سے محبت نہیں کرتے "

میری اس بات کے جواب میں وہ انتہائی تلخ لہجے میں بولی "یہ صرف تمہارا خیال ہے اور تمہارا خیال اکثر غلط ہوتا ہے"

"ایسا ہوتا ہے۔۔۔ میں نے اکثر دیکھا ہے" میں نے مزاحمت کرنے کی کوشش کی۔

"تم تو پاگل ہو اور میں پاگلوں سے بحث نہیں کرتی"

حالانکہ وہ گزشتہ دو گھنٹوں سے بحث میں مصروف تھی۔

وہ یہ تو سمجھتی تھی کہ میں پاگل ہوں۔۔۔ کیوں پاگل ہوں ؟۔۔۔ اس نے کبھی جاننے کی کوشش نہیں کی۔ بحث کرنے والی کو جاننے کی کوشش تو کرنی چاہیے تھی۔۔۔ میں نے کئی بار سوچا۔۔۔ لیکن کہہ نہیں سکا۔۔۔

میں یہ کیوں چاہتا تھا کہ وہ میرے بارے میں جاننے کی کوشش کرے۔۔۔ میں خود سے یہ سوال آج تک نہ کر پایا۔۔۔ شاید یہ سوال کرتے ہوئے مجھے اپنے آپ سے ڈر لگتا تھا۔ یوں بھی اس کی بہت سی عادتیں اور باتیں عجیب تھیں۔۔۔ وہ مجھ سے محبت کرتی تھی لیکن آج تک اس نے کبھی کہا نہیں تھا۔۔۔

شاید میری غلط فہمی ہو۔۔۔۔

اگر وہ مجھ سے محبت کرتی تھی تو نجانے کیوں مجھے ہر میدان اور ہر بات میں ہرانے کی جدوجہد کرتی رہتی تھی۔ اس کا جنون دیکھ کر مجھے لگتا تھا کہ شاید اس نے مجھے ہرانے کی قسم کھا رکھی تھی۔۔۔ وہ مجھے جب بھی ہرانے کی کوشش کرتی تو میں ہار جاتا، ہارنے کے بعد میں اپنے آپ کو بہت اداس اور ٹوٹا ہوا ظاہر کرتا تاکہ وہ جیت کی خوشی بھرپور طریقے سے انجوائے کر سکے۔۔۔ مجھے اداس دیکھ کر خوش ہوتی۔۔۔ جب کافی دیر اداس رہتا۔۔۔ اچانک اس کا سر میں اپنے کاندھے پر محسوس کرتا۔۔۔ وہ اس کا پیار تھا یا معذرت میں نے کبھی جاننے کی کوشش نہیں کی۔۔۔ وہ میرے کاندھے پر سر رکھ کے میری طرف دیکھتی تو اس کی آنکھوں کے سمندر میں مدوجزر اٹھ رہے ہوتے۔۔۔ میں اس سے پوچھتا تو وہ یہی کہتی ہے کہ چاند کو دیکھ کر سمندر میں مدوجزر پیدا ہونا فطری عمل ہے۔

اس کے آنسو میرے لئے تسکین کا باعث بنتے تھے۔ شاید اس کی طرح میں بھی اذیت پسند تھا۔

اس کی ایک اور عادت بھی عجیب تھی کہ جب بھی دو چار دوست بیٹھے ہوتے وہ میری باتوں کو پکڑ کر مجھے مذاق کا نشانہ بنانے کی کوشش کرتی۔۔۔ شاید اسی وجہ سے میں اس سے دور رہتا تھا۔

میں ہار تو برداشت کر سکتا تھا لیکن خود کو تماشا بنتے دیکھنا میرے لئے ممکن نہیں تھا۔۔۔ اور جب میری تضحیک کی کوشش کرتی تو میں اسے کچھ کہہ بھی نہیں سکتا تھا۔۔۔ وہ میرے دل میں رہتی تھی۔۔۔ اور میرا ایمان ہے کہ دل کرائے کا مکان نہیں ہوتا کہ اس میں رہنے والا کوئی ایسی ویسی بات کرے تو اسے بے دخلی کا نوٹس بھجوا دیا جائے۔۔۔ میں اسے بے دخلی کا نوٹس نہیں بھجوا سکتا تھا۔

وہ گزشتہ چار سال سے اس مکان میں ڈیرے جمائے بیٹھی تھی۔۔۔ شروع شروع میں تو میں نے اسے نکال کر کنڈی لگانے کی کوشش کی۔۔۔ لیکن ماں جی کا یہ جملہ میری یادداشت کا حصہ بن چکا ہے کہ "گھر آئے دشمن کو بھی زبردستی نکالا نہیں جاتا"۔۔۔ پھر میں نے یہ کوشش ترک کر دی اور فیصلہ کر لیا کہ وہ ہمیشہ اس دل میں رہے گی۔۔۔ میں نے مکان کو گھر بنا دیا اور گھر اس کے نام کر دیا۔۔۔ میرے پاس اسے دینے کے لئے اور کچھ بھی نہ تھا۔ جب دل کا گھر اس کے نام کر رہا تھا تو میں نے کب سوچا تھا کہ وہ یہ گھر چھوڑ دے گی۔۔۔ جب اس نے کہا کہ "دس تاریخ کو میری شادی ہے "تو مجھ پر سکتہ طاری ہو گیا۔۔۔

میں بول بھی نہ پایا۔۔۔

اسے کیا کہتا۔۔۔

نہ کوئی قول نہ قرار۔۔۔

نہ قسمیں نہ وعدے۔۔۔

جب سپنے اکٹھے نہ دیکھے ہوں تو تعبیر کی بات کرتے ہوئے اچھا نہیں لگتا۔ ایسی بات کرتے ہوئے انسان معتبر نہیں رہتا۔۔۔ اور میں غیر معتبر نہیں ہونا چاہتا تھا کیونکہ سپنے تو میں اکیلا دیکھتا رہا تھا۔۔۔ میری آنکھوں نے خواب بُنے تھے تو میں اس کی آنکھوں سے کیا سوال کرتا؟۔۔۔

"تم آؤ گے نا"۔۔۔ وہ ہمیشہ کی طرح بہت محبت سے بول رہی تھی۔۔۔ لیکن آج اس کے لہجے کی مٹھاس محسوس نہیں ہو رہی تھی۔۔۔

وہ بول رہی تھی اور میں سوچ رہا تھا کہ زبان وہی ہوتی ہے، الفاظ وہی ہوتے ہیں۔۔۔ بولنا والا وہی ہوتا ہے۔۔۔ تو پھر کیوں بات میں وہ پہلے سی بات نہیں ہوتی۔۔۔

شاید مٹھاس الفاظ، زبان یا لہجے میں نہیں ہوتی۔۔۔ مٹھاس تو جذبات میں ہوتی ہے۔۔۔ جو آج مجھے محسوس نہیں ہو رہی تھی۔

الوداعی لمحات میرے لئے ہمیشہ سے تکلیف دہ رہے ہیں۔۔۔ اور کسی اپنے کو الوداع کہنا تو میرے لئے ناممکن تھا۔۔۔ پھر بھی میں شادی ہال پہنچ گیا۔۔۔ شاید اسے آخری بار دیکھنے کے لئے یا پھر آخری بار ہارنے کے لئے۔۔۔

جب میں وہاں پہنچا تو مجھے محسوس ہوا کہ اس بار وہ مجھے ہرانا نہیں چاہتی تھی بلکہ دو چار دوستوں کی بجائے پورے شہر کے سامنے مجھے تماشہ بنانا چاہتی تھی۔ وہ اپنی عمر سے دوگنا بڑے شخص کے پہلو میں سمٹی بیٹھی تھی، جب اسے میری آمد کی اطلاع ملی تو اس نے بالکل اسی انداز میں میری طرف دیکھا جیسے میں اس سے ہارنے کے بعد مسلسل اداس رہتا تھا تو وہ چند لمحے خوش ہونے کے بعد مجھے دیکھتی تھی۔۔۔ لیکن اس بار اس کا سر میرے کاندھے پر نہیں بلکہ ایک ایسے شخص کے کاندھے پر تھا جو میرے لئے اجنبی تھا۔۔۔ شاید اس کے لئے بھی۔۔۔ اور مجھے آج بھی یہ محسوس نہ ہو سکا کہ اس کے انداز میں پیار تھا یا معذرت؟۔۔۔ آج اس کی آنکھوں میں آنسو بھی نہیں تھے سمندر میں کوئی مدوجزر نہیں تھا، ایک عجیب خاموشی تھی، ایک عجیب سی اداسی تھی، ایسی اداسی میں نے ایک کھلاڑی کی آنکھوں میں دیکھی تھی جس کی ہار میں اس کا کوئی کردار نہیں تھا بلکہ فیصلہ کرنے والے بک گئے تھے۔

(۶) صیقل

فیروز عابد

میں بہت دیر سے ان کے سامنے دوزانوں بیٹھا تھا۔

وہ مراقبے میں تھے۔ خاموشی پورے کمرے میں قفل ڈالے ہوئے تھی۔

اچانک چڑیے کی چوں چوں سے خاموشی لچک لچک کر ٹوٹ گئی اور پھر کرخت لیکن درد سے پُر آواز ابھری کون؟ مراقبہ بھی چڑیوں کی چوں چوں سے شاید منقطع ہو گیا تھا۔

تم؟"

جی ہاں میں آج پھر حاضر ہوا ہوں۔۔۔ میں نے ان کی آنکھوں میں جھانک کر کہا۔۔۔ میں نے محسوس کیا کی ان کی آنکھوں میں تمنا کا کوئی بھی جال نہیں تھا اور نہ چاہت کی کوئی لکیر تھی۔

ہوں۔۔۔ ٹھیک ہے بیٹھو۔۔"

ہاں میں نے کل کیا کہا تھا"۔۔۔ قبل اس کے کہ میں کل کے سلسلے کو جوڑنے میں ان کی مدد کرتا انہوں نے خاموش رہنے کا اشارہ کیا اور گویا ہوئے۔

"ہاں وہ لمبی مسافت طے کر کے آ رہی تھی۔۔۔ نڈھال تھی۔۔۔ پریشاں حال تھی۔۔۔ دوپہر کی کڑی دھوپ کہیں سایہ نہیں آسمان پر ابر کا ایک ٹکڑا نہیں۔۔ اس ننگ دھڑنگ راستے میں دور ایک درخت تھا۔۔ قریب پہنچی، تو دیکھا اُس درخت کے نیچے ایک کتا اپنی زبان نکالے بری طرح ہانپ رہا تھا۔۔ کمزور و ناتوں۔۔۔ اس نے پہلے تو

قہر۔۔۔۔۔وہ تھوڑی دیر کے لئے رُکے۔۔۔

کیا کہا۔۔۔"ابھی میں نے پوری بات کہی بھی نہ تھی کہ ان کی تھرتھراتی آواز سماعت سے ٹکرائی۔

خاموش۔۔۔کوئی سوال نہیں بس سنتا جا اور صیقل کے عمل سے گزر سب سمجھ جائے گا۔۔۔۔اس نے کتے کو گود میں اٹھایا اور چل پڑی۔۔۔گھر پہنچ کر اس نے کتے کو گھر کی چوکھٹ کے قریب بٹھایا، اندر کمرے میں گئی اور پانی سے بھرا گملا لا کر کتے کے سامنے رکھ دیا۔۔۔نقاہت کے باوجود کتا کھڑا ہو گیا اور پانی پینے لگا۔۔۔۔۔۔۔لوگوں نے اس کی ہنسی اڑائی، اوباش، بد چلن، آوارہ۔۔۔۔وہ خاموش رہی آنسو اس کی آنکھوں سے ٹپ ٹپ گرتے رہے۔۔۔آسمان پر دور بہت دور فرشتوں نے اس کی آنسوؤں کو محسوس کیا۔۔۔عورت نے آنکھیں آسمان کی طرف اٹھائیں۔۔۔پتہ نہیں اس نے کیا محسوس کیا سجدے میں گر گئی۔۔۔'' سمجھا میں نے کیا سنایا۔۔۔کیا بتایا۔۔۔کیا راہ دکھائی۔۔۔؟"

میں خاموش رہا۔۔۔وہ خاموش رہے۔۔۔۔سناٹا پھر طاری ہونے لگا۔

کیا ہوا۔۔۔۔"کچھ بول" ان کی آواز نے سناٹے کو رینگ رینگ کر باہر جانے پر مجبور کیا وہ گویا ہوئے۔۔"تو سن مگر دماغ اور دل کو وار کھ، سینے پر ہاتھ رکھ، صیقل کرتا جا۔۔۔یہ جو سینہ ہے اس میں بہت کچھ الگ الگ ہے۔۔۔۔سب اہم ہے مگر دل۔۔۔صیقل کر اس دل کا خون اور صاف ہو جائے گا۔۔۔۔گناہ، ثواب، بدنما، خوبصورت، ذائقہ، طہارت، پاکیزگی، غلط اور صحیح سب کا علم ہو جائے گا۔۔۔مگر دھیرے دھیرے۔۔

تو جانتا ہے۔۔۔۔۔۔۔۔۔۔۔بہت عبادت گزار، بہت پرہیز گار۔۔۔۔کہیں کوئی

داغ دھبا نہیں، سب کچھ صاف ستھرا اعلیٰ کردار روزہ پابندی سے۔۔۔شرعی احکامات پر عمل۔۔۔۔ نماز ختم کی۔۔۔۔۔ سلام پھیرا اور اپنے بغل میں رکھے عصا کو اپنی طرف تاکتی بلی پر دے مارا۔۔۔۔۔بلی لڑکھڑائی گری اور پھر جست لگا کر دیوار کے اس پار چلی گئی عبادت گزار بزرگ نے زمین کو تاکا اور تاکتے چلے گئے فرشتوں نے دیکھا بلی گریہ کناں تھی۔۔ایک پاؤں اٹھائے آسمان کی طرف تک رہی تھی۔۔عبادت گزار پاکیزہ صفت بزرگ کانپنے لگے۔۔۔ چلانے لگے جل گیا، بچاؤ، بچاؤ، بچاؤ۔۔۔؟

کیا ہوا، کیا سمجھا اور کیا نہیں سمجھا۔۔۔ دنیا میں جنت اور دنیا ہی میں جہنم۔۔۔ساری عمر کی کمائی۔۔ نیکی۔۔؟ ساری عمر کی کمائی۔۔ بدی۔۔۔؟ محاسبہ کون کرے گا۔۔۔۔۔ میں اور تو دونوں ہی مٹی کے جاندار پتلے۔۔۔ مگر سینہ اور اس کے اندر دل بس اُسی کو صیقل کرنا ہے۔۔اور یہی نہیں ہو رہا ہے۔۔۔۔۔عبادت فرض مگر ساری عبادات سے افضل۔۔۔۔۔"انہوں نے آنکھیں کھول دیں۔۔۔ سکون ان کی آنکھوں میں ایک دبیز چادر کی طرح براجمان تھا۔۔۔انہوں نے ذرا سا کندھے کو اچکایا۔۔۔" تو پھر آ گیا۔۔۔ کیوں آیا؟ تو نے تو شک کی نگاہوں سے مجھے دیکھا تھا۔۔۔ کیوں آیا تو بول۔۔۔۔۔۔؟ ان کی آنکھوں کا سکون تہہ بہ تہہ کم ہوتا جارہا تھا۔۔۔ میں حیران تھا یہ اچانک انہیں کیا ہو گیا۔۔۔اسی وقت میری پشت سے آواز آئی۔۔۔"معاف کر دیجیے۔۔۔ میں آپ کا گناہ گار ہوں۔۔۔ مجھ سے غلطی ہوئی، میں نے آپ کو غلط سمجھا۔۔"

میں نے مڑ کر دیکھا ایک شخص پالتی مارے، ہاتھ جوڑے، سراپا قصوروار بنا بیٹھا تھا۔۔۔۔

ہم انتساب میں غلطی کرتے ہیں۔۔۔ حضرت موسیٰؑ نے کسی کے جواب میں کہا کہ

وہ سب سے زیادہ علم رکھتے ہیں۔۔۔۔ اللہ کو یہ بات ناپسند آئی۔۔۔۔۔ان جیسے جلیل القدر ہستیوں کا علم بس اتنا ہی تھا جتنا چڑے کی چونچ میں پانی۔۔۔۔۔۔ ہم اور تم، کیا حیثیت ہے ہماری۔۔۔۔۔"

ہاں ساری عبادات سے افضل فرائض کی ادائیگی۔۔۔ دنیاوی فرائض۔۔۔۔۔ حقوق العباد۔۔۔۔ تمناؤں کی خاکستری۔۔۔ آفتاب سے ذرے تک کے حقوق کو اپنے دل و جان سے زیادہ عزیز رکھنا۔۔ خدا واحد ہے۔۔۔اس کا کوئی شریک نہیں۔۔۔ آسمان سے زمین کے اندر تہہ در تہہ سب کچھ اُسی کا ہے۔۔۔وہ سب جانتا ہے۔۔۔اس کو کسی چیز کی حاجت نہیں۔۔۔ یہ عبادتیں اس کا امتحان نہیں بلکہ تیرے اور ہمارے دلوں کو فساد، فسق و فجور اور داخلی ہلاکت سے بچانے کا ذریعہ ہے۔۔۔تو، میں اور ہم سب جانتے ہیں۔۔۔۔ ہر ذرے میں اُس کا ظہور ہے۔۔۔۔ گویا ہر ذرے کا وہ خالق ہے۔۔۔ پھر عبادات پر غرور کیوں۔۔۔ جھک کے ملنے کے بجائے اکڑ کر چلنا یہ کون سا استعارہ یا اشاریہ ہے۔۔۔عبادات دلوں کے ساتھ نگاہوں میں نرمی اور پاکیزگی لاتا ہے تو پھر ان گنت رنگ کے عبادت گزار کیوں۔۔۔۔ ہمارے ہاتھوں انسانیت جاں بلب اور جاندار سراسیمہ کیوں ؟۔۔۔ سربراہی صحیح ہے مگر سربراہ کی گفتگو سے کبھی کبھی ایسا لگتا ہے کہ وہ سدرۃ المنتہیٰ تک پہنچنے کا دعویٰ کر رہے ہوں۔۔۔ تم سمجھ رہے ہو نہ میری بات میرے دوست، میرے عزیز، میرے بھائی۔۔۔۔ میرے لہجے کی اس نرمی اور گھلاوٹ سے تم حیران ہو نہ۔۔۔۔۔ دراصل لفظ اسی طرح اسی نرمیت اور خلوص کے ساتھ یکے بعد دیگرے سماعت سے ٹکرانے سے روح تک شیریں ہو جاتی ہے۔۔۔ تم اپنا کام اسی محبت سے کرو۔۔۔۔۔۔۔ سمجھے نا؟

حضور ایک بات کہوں۔۔ میں نے بہت عاجزی سے پوچھا۔

ضرور پوچھو میرے بھائی اگر میرے علم میں ہو گی تو اس بات پر روشنی ڈالوں گا۔

"اے لوگوں: تمہارا کام بس یہ ہے کہ تم اپنے حصے کا پودا لگاتے جاؤ۔۔۔۔ دیکھنا کے ناموافق فضا میں بھی وہ پودا ایک دن گھنا پیڑ بن جائے گا۔"

میرے اس بیان کو سن کر وہ رونے لگے اور گلوگیر آواز میں کہا۔۔" یہ تو نے کیا سنا دیا۔۔شیر خدا، باب العلم حضرت علیؓ نے کیا خوب فرمایا۔۔'ناموافق فضا' لیکن کام ہر جاندار کی بھلائی کے لئے۔۔۔بس یہی کرنا ہے کہ زندگی کی روح اسی میں پوشیدہ ہے۔

اچانک میری پشت سے غصے میں بھری آواز ابھری۔۔"بس اپنی ہی بکے جا رہے ہو۔۔۔میرے سوال کا جواب تو تم نے اب تک نہیں دیا۔۔۔میں نے اپنے پیچھے بیٹھے آدمی کی طرف مڑ کر دیکھنا مناسب نہیں سمجھا۔

میں جا رہا ہوں۔۔۔تم اپنی بگھارتے رہو۔۔کہیں اور سے لے لوں گا تعویذ۔۔۔"وہ پاؤں پٹکتا کمرے سے باہر نکل گیا۔

مَیں نے مڑ کر دیکھا اس کی تیز قدموں میں تھکاوٹ تھی۔۔۔میں اُسے دیکھتا رہا یہاں تک کہ وہ مکانوں کے درمیاں تحلیل ہو گیا۔

بہت دیر تک وہ خاموش بیٹھے رہے۔۔۔میں بھی چپ چپ سناٹے کو حکمرانی کرتے محسوس کرتا رہا۔

اچانک پھر سناٹے پر ضرب پڑی۔'تعویذ۔۔۔گنڈا۔۔سیدھا راستہ۔۔صراط مستقیم۔۔۔کون صحیح۔۔۔کون غلط۔۔۔ان گنت فرقے۔۔۔۔لا تعداد گروہ۔۔۔۔مذہب ایک۔۔۔کیا ہو گا ہمارا؟

بہت دور سے اذاں کی آواز آنے لگی۔۔وہ خاموش ہو گئے۔۔اذاں ختم ہو گئی اور وہ خاموش خاموش بیٹھے رہے اچانک سر اٹھایا اور کہا۔۔" جاؤ عصر کی اذاں ہو گئی۔۔۔مسجد

یہاں سے دور ہے۔۔"

عصر کی نماز کے بعد میں پھر ان کے کمرے میں داخل ہوا وہ سر جھکائے دوسری طرف منہ کئے بیٹھے تھے انہوں میری آہٹ پر اپنا چہرہ گھمایا اور بہت آہستگی سے کہا مغرب پڑھ کر ہی آتے۔۔۔۔"

جی میں نے نماز نہیں پڑھی صرف جمعہ کی پڑھتا ہوں۔"

تم سے سب خوش ہیں۔۔۔؟ کوئی تناؤ۔۔۔؟ کوئی بھید بھاؤ؟ کوئی فرقہ یا پھر۔۔۔۔۔۔"

سب کو خوش کون رکھ سکتا ہے۔۔۔۔۔"

صحیح۔۔۔ مگر جیسا کہ تم نے کہا ،ناموافق فضا میں پودا لگانا۔۔۔وہ تو کر رہے۔۔ ہونا۔۔؟

شکایت کا موقع نہیں دیتا مگر کبھی کبھی غصے پر قابو بھی نہیں رہتا۔۔۔"

غصہ۔۔۔

مغرب کی اذاں ہو رہی تھی۔۔۔ آواز بہت دھیمی تھی۔۔وہ پھر خاموش ہو گئے اور میں ان کے کمرے سے باہر نکل آیا۔

گلیوں سے گزرتا شاہراہ پر آ گیا مسجد بہت دور تھی زندگی اسی طرح دوڑ بھاگ رہی تھی۔۔ سڑک ہنگاموں کی جائے پناہ بنی ہوئی تھی۔۔ ہر شخص ایک دوسرے سے بے نیاز تھا۔۔۔ ہر چیز ہوا کے دوش پر اڑ رہی تھی سب الگ الگ مگر سب گتھے ہوئے اور گڈ مڈ، پھر اس سے آگے میری سوچ جلنے لگی۔۔۔۔۔

میں چلتا رہا۔۔ایک فریم ساز کی دکان پر فریموں کو دیکھنے لگا۔۔۔ فریم شدہ بہت ساری تصویریں ایک فریم کے اندر شاعر اقبال کنپٹی پر انگلیاں رکھے سوچ رہے

تھے۔۔۔نیچے یہ اشعار تھے

اقبال کو پڑھا ہے بہت پڑھا ہے مگر ان سارے فریموں کے اندر جو کچھ ہے اس کے درمیان اس فریم کی تحریر پھر پڑھی تو بہت سارے باب روشن ہو گئے۔۔۔

واپس پلٹا اور گلیوں سے گزرتا ان کے کمرے تک آیا کچھ لوگ دروازے پر جمع تھے کچھ اندر کمرے میں تھے، ان میں وہ شخص بھی تھا جو تعویذ لینے آیا تھا اور غصے میں واپس چلا گیا تھا۔۔ سبھی حیران تھے۔۔ سبھوں کے چہروں پر ایک عجیب خاموشی طاری تھی۔۔۔

وہ سجدے کی حالت میں تھے۔۔۔

میں نے پوچھا کیا ہوا۔۔۔لوگوں نے کہا ان سے پوچھیے۔۔۔اشارہ اُسی شخص کی طرف تھا۔ جب حضرت چیخ رہے تھے اور رو رہے تھے تو یہی صاحب اکیلے ان کے کمرے میں تھے۔۔

کیا ہوا تھا بھائی۔۔"میں نے پوچھا

اُس شخص نے ڈرتے ڈرتے کہا میں کیا بتاؤں۔۔۔

میں نے تو صرف اتنا کہا کہ مجھے معاف کر دیجیے۔۔۔میں غلط تھا۔۔۔اور آپ نے جو کچھ کہا تھا وہ سچ تھا۔۔۔۔

مغرب کی نماز پڑھ کر وہ آنکھیں بند کئے کچھ سوچ رہے تھے۔۔۔میں نے جونہی اپنی بات کہی پہلے تو انہوں نے حیرانگی سے مجھے دیکھا اور پھر اپنی دونوں مٹھیاں کس لیں اور سینے پر زور زور سے مارنے لگے۔۔ صیقل۔۔ صیقل۔۔ صیقل۔۔۔ابھی بھی اسے صیقل کی ضرورت ہے۔۔ خدا مجھے معاف کر دے۔۔۔ مرے وجود کا داخلی حصہ اب تک صیقل ہوا ہی نہیں تو پھر یہ وَعظ و نصیحت کیسی۔۔ خدا مجھے معاف کر دے۔۔ معاف کر دے۔۔ روتے روتے سجدے میں گر گئے۔۔

سب خاموش تھے۔۔۔میں آہستہ آہستہ ان کے قریب گیا۔۔میں نے انہیں دھیرے دھیرے آواز دی۔۔وہ اسی حالت میں رہے۔۔۔میں نے ہمت کر کے بس ہلکے سے ان کے سر کو جنبش دی، وہ داہنی طرف لڑھک گئے۔۔۔دونوں مٹھیاں اسی طرح ان کے سینے پر تھیں۔۔۔ہونٹ اسی طرح ایک دوسرے سے الگ تھے۔۔۔جیسے کہہ رہے ہوں۔۔۔ صیقل۔۔ صیقل۔۔ صیقل۔۔۔اور آنکھیں کھلی ہوئی تھیں۔۔۔روح آنکھوں سے نکل کر دور فضا میں گم ہو گئی تھی۔۔۔

شاید انہوں نے صیقل کے سارے مراحل طے کر لیے تھے۔۔۔۔۔!!!

(۷) دور اندیشی

مرزا امجد بیگ

وہ خوشی سے پاگل ہوا پھر رہا تھا، صبح سے ہی اس نے صفائی کرنی شروع کی تھی فرنیچر کی سیٹنگ تبدیل کی کارپٹ کو شیمپو کیا درجنوں رنگین غبارے دروازے کھڑکیوں اور دیواروں پر لٹکے رفیق کی طرح جھوم رہے تھے، کھلے جارہے تھے، سارا گھر دلہن کی طرح سجا آنے والے ایک نئے مہمان کے لئے باہیں پھیلائے مستی میں جھوم رہا تھا۔

کتنا طویل انتظار کیا تھا اسنے ان مسرت آمیز لمحات کا۔۔۔ جسم کا جوڑ جوڑ تھکاوٹ سے درد کرنے لگا تھا، وہ صوفے پر بیٹھ کر ہانپنے لگا، اس نے اپنے پیٹ پر ہاتھ پھیرا جو لٹک کر اس کی گود میں پھیل گیا تھا اور حسرت سے ٹھنڈی آہ بھری۔ ابھی اس کی عمر ہی کتنی ہے تیس سال۔۔ اور جسم ہے کہ اپنی عمر سے دس گنا زیادہ پھیل کر زمین کا بوجھ بن گیا، گھنٹہ بھر بھی تو اس کے پاؤں اس پہاڑ جیسے جسم کا وزن نہیں سہار سکتے اور وہ کہیں نہ کہیں تھپ کر کے بیٹھ جاتا ہے۔

نسیم کو کتنی چڑ تھی اس کے بڑھتے ہوئے موٹاپے کی، ہر روز ہی اس موضوع پر تُو تُو میں میں ہوتی ان میں، تم کھانا کم کر دو، ورزش کیا کرو، جوگنگ کیا کرو سوئمنگ کیا کرو، یہ کیا کرو وہ کیا کرو۔۔۔۔ بس اٹھتے بیٹھتے اس کی ایک ہی رٹ ہوتی۔۔۔ پہلے پہلے تو وہ ہنس کر اسے تسلی آمیز جواب دیتا، مگر کب تک۔۔۔ کام سے آتے ہی ابھی کپڑے بھی نہ بدلتا تو وہ ناگن کی طرح پھن اُٹھائے کمرے میں آجاتی۔

"کپڑے مت بدلو رفیق! کچھ تو سوچو اپنی صحت کا بس کام سے آتے ہی شلوار قمیض پہنی اور تین چار چپاتیاں کھائی وی کے آگے "سی سلگ" کی طرح توند پھیلا لیٹ جاؤ اور رات بارہ بجے اُٹھکر بستر ے میں گھس جاؤ'۔'

وہ ماتھے پر بل ڈال کر سانپ کی طرح سسکارتی۔

"اوئے یار!" وہ اپنے کندھے لٹکا کر وہیں رک جاتا اور بڑی مسکین نظروں سے اسے دیکھتا اور پھر اپنے ہونٹ بھینچ کر ایک لمبی سی سانس لیتا اور تھکی ہوئی آواز میں کہتا۔

"تو ہی بتا میں کیا کروں۔۔۔ آٹھ گھنٹے تھکا دینے والا کام کر کے آیا ہوں اور اب تیری مرضی ہے کہ میں باہر سردی میں جاکر ورزش کروں یا سڑک پر دوڑ لگانا شروع کروں۔۔۔۔ خدا کا کچھ خوف کرو نسیم اس طرح یہ چربی نہیں پگھلے گی، میرا ہارٹ فیل ہو جائے گا ایک دن۔۔"

"اچھا ہے۔۔۔ جان چھوٹ جائے گی" وہ منہ ہی منہ میں بڑبڑاتی مگر رفیق کو سنا جاتی۔

سات سال اسی بک بک جھک جھک میں گذر گئے۔۔ شادی کے بعد اور بھی بہت سی امیدیں ہوتی ہیں مگر۔۔۔ ہر امید جسم پر دن بدن بڑھتی ہوئی چربی اور گوشت میں دبتی گئی اور دونوں میں بڑھتی ہوئی دراڑ ایک کھائی بنکر انہیں ہمیشہ کے لئے الگ کر گئی۔

رشتہ داروں کی سرگوشیاں بلند آواز بن گئیں اور ایک شور سا مچ گیا ایک طرف والے الزام دیتے۔

"او جی منڈا ہی بس۔۔ ہے۔ یہ بڑھتا ہوا موٹاپا ایسی بیماروں کا موجب بنتا ہے۔۔ جن کا علاج تو لقمان حکیم کے پاس بھی نہ تھا، بے چاری لڑکی کیا کرے۔ آخر وہ بھی انسان ہے جذبات رکھتی ہے۔"

دوسری طرف سے جواب ملتا۔

"لو! لڑکا اچھا بھلا صحت مند تندرست ہٹا کٹا۔۔ لڑکی ہی میں کچھ نقص ہے۔۔۔ جوان لڑکے موٹے تازے تو ہوتے ہی ہیں۔۔۔ کھانے پینے کی عمر ہے۔۔۔ اگلے سال تک ہم اسے دوسری شادی کرا دیں گے، پھر دیکھنا کیسے موٹے تازے بچوں کا ڈھیر لگ جائے گا۔۔"

نسیم چند ماہ اپنے بھائی کے گھر رہی اور پھر واپس پاکستان چلی گئی۔ چند ماہ بعد طلاق ہو گئی

ایک سال تک رفیق نے خوب جان مار کر کام کیا روز چار چھ گھنٹے اوور ٹائم کرتا اور ڈھیر سای رقم جمع کی، گاؤں کے دوست، رشتہ دار بے شمار تھے سب منع کرتے۔

"اوئے! بیوی کو مار بھگایا ہے اب تو کس کے لئے یہ جان مار رہا ہے۔۔ یہ چربی تو کم ہونے سے رہی!۔"

وہ ہولے سے مسکرا دیتا اور اپنی عادت کے مطابق بڑی نرمی سے جواب دیتا۔

"بھائی! اللہ بڑا کارساز ہے وہ میرے صبر کا پھل ضرور دے گا۔۔ اس کے ہاں دیر ہے اندھیر نہیں۔"

رفیق کے گاؤں کے ایک چودھری صاحب اپنے بیٹے کی شادی گاؤں کے ایک غریب زمیندار کی بیٹی سے کرا کر لائے تھے، کیونکہ ان کے بیٹے کی بہت سی داستانیں یہاں سے پاکستان تک پھیلی ہوئی تھیں اور یہاں اور وہاں سے کوئی بھی ان کے خاندان سے انہیں لڑکی دینے پر رضامند نہ تھا۔۔

پیسے نے غریب کی مجبوریوں کو خرید لیا، اور یہ جانتے ہوئے بھی کہ لڑکا شراب جوئے کا عادی ہی نہیں گوریوں کے چکر میں بھی باپ کا ایک مکان بیچ چکا ہے۔ مگر مجبور

باپ نے اپنی بڑی لڑکی کی شادی اس سے کر دی کہ ایک کے فرض سے تو سبکدوش ہو جائے ابھی تین اور بھی تو اپنی باری کا انتظار کر رہی تھیں اور پھر اگر یہ کچھ عقلمند ہوئی تو وہاں سے اپنی بہنوں کے لئے کچھ کر سکے گی۔۔۔ مگر یہاں آکر فریدہ کے شرابی خاوند نے ہر رات نشے میں ڈوب کر اس کی مار پیٹ شروع کر دی بات بات پر وہ اسے دھکے مار دروازے سے باہر نکال دیتا اور بھکاری کی بیٹی اور نہ جانے کیا کیا ہتک آمیز گالیاں دیتا۔

ایک صبح رفیق کام سے آرہا تھا گلی میں گذرتے ہوئے وہ اسے اپنے دروازے کے باہر سردی میں کانپتے ہوئے ملی۔ اسے علم تھا کہ اس کا خاوند اس کے ساتھ کیا برتاؤ کرتا ہے۔ چھوٹے سے شہر میں میں آس پاس کی گلیوں میں رہنے والے ہندوستانی پاکستانی ایک دوسرے کے گھریلو حالات سے اچھی طرح واقف تھے اور یہ تو تھے بھی ایک ہی گاؤں کے رہنے والے۔ رفیق نے جھجکتے ہوئے اسے بلایا تو وہ بلک بلک کر رونے لگی، اسے بہت دکھ ہوا کہ وہ کئی گھنٹوں سے باہر سردی میں بیٹھی تھی، رفیق نے دروازہ کھٹکھٹایا اور اس کے خاوند کو آوازیں دیں بہت دیر بعد اس شرابی نے جھومتے ہوئے کھڑکی کھول کر نیچے جھانکا اور گندی سی گالی دے کر کہا۔

"ارے لے جاؤ تم اسے اپنے گھر اور رکھ لو اسے۔۔ میرے باپ نے زبردستی یہ بلا میرے گلے ڈال دی تھی۔۔۔ تنگ آگیا ہوں اس کی بک بک سے میں۔۔۔" اور کھڑکی بند کر دی

رفیق نے فریدہ کو دیکھا وہ سر جھکائے رو رہی تھی۔

"غریب باپ کی بیٹی ہوں نا۔۔۔ اور کوئی ہمدرد، کوئی اپنا نہیں ہے میرا اس ملک میں۔۔۔ اسی لئے یہ کمینہ شرابی روز مار کر باہر نکال دیتا ہے۔۔۔"

"فکر نہ کرو۔۔۔ فریدہ۔۔۔ اب ایسا نہ ہو گا۔"

رفیق کے اندر کا مرد جاگ اٹھا، اور وہ اسے اپنے ساتھ گھر لے گیا پولیس بلائی انہیں سب کچھ بتایا۔

سوشل ورکر آئے، وکیل تک بات پہنچی۔۔ اور چند ماہ بعد فریدہ نے طلاق لے لی اور رفیق نے ااس سے نکاح کر لیا۔۔۔

گھر میں ہمیشہ ایک دو کرایہ دار ہونے کے باوجود بھی گھر خالی، ویران تھا۔۔ لہذا رفیق کا خالی گھر پھر سے آباد ہو گیا دونوں ایک دوسرے کے ضرورت مند تھے سال بہت اچھا گذرا۔۔۔

مگر پھر رفیق میں چھپے ناکام مرد نے اپنے آپ کو منوانے کے لئے تگ و دو شروع کر دی، اور مرد معاشرے کے عام مرد کی طرح اولاد نہ ہونے کی پاداش میں عورت کو قصوروار ٹھہرانا شروع کر دیا۔ اس نے دونوں ہاتھوں سے سر تھام کر اپنے آپ کو صوفے پر گرادیا اور روتا ہوا بولا۔

"میرے نصیب ہی ایسے ہیں جو عورت بھی میری زندگی میں آئی بنجر زمین کی طرح سوکھا پن ہی لائی"۔

نہیں۔۔۔۔ محمد رفیق۔ اب۔۔ ایسا نہیں ہو گا۔۔

فریدہ نے اس کا سر اپنی گود میں رکھ لیا اور اس کے بالوں میں انگلیاں پھیرتے ہوئے فیصلہ کن انداز میں سوچا۔۔۔

اس کے بیڈ روم کا دروازہ کسی نے کھٹکھٹایا۔ ایک پرانا دوست جو کئی سال سے اس کا کرایہ دار تھا باہر کھڑا تھا۔

"رفیق میں گاڑی لے آیا ہوں، چلیں ہسپتال فریدہ کو لے آئیں۔۔۔"

فریدہ اپنی پیاری سی بچی کے ساتھ گھر میں کیا آئی آسمان سے پری اتر آئی رفیق پاگل

ہوا پھرتا، محلے گلیوں میں تمام ایشیائی گھروں میں لڈوؤں کے ڈبے بانٹے۔ کام سے لمبی چھٹی لے لی اور سارا دن اپنی سفید گلابی رنگ کی خوبصورت بیٹی کو اٹھائے گھر میں گھومتا پھرتا۔

"اوئے دیکھو یارو! اللہ نے آخر میری سن لی نا۔۔ میں کہتا تھا نا اس کے ہاں دیر ہے اندھیر نہیں۔۔ دیر سے دی مگر دیکھو تو۔۔۔ کتنی حسین ہے میری بیٹی۔۔ پھول کی طرح۔۔۔چاند کی طرح۔۔"

اس کا لحیم شحیم جسم تھل تھل کرتا جب خوشی سے اس کے قہقہے کمرے میں گونجتے اور اس کا چہرہ خون کی حدّت سے انار ہو جاتا۔۔۔۔ وہی فریدہ اب اسے ہری بھری ترو تازہ لگنے لگی جو کچھ عرصہ پہلے بنجر زمین کی طرح تڑکتی چھٹتی نظر آنے لگی تھی۔۔ بچی کے آنے سے رفیق کی بے رونق زندگی میں بہاریں لوٹ آئیں، اور دونوں میاں بیوی ایک دوسرے کی محبت میں دیوانے ہو گئے۔۔۔

چندماہ بعد گاؤں کے ایک دور کے رشتہ دار کی بیٹی کی شادی میں شرکت کے لئے بیٹی کو پرام میں ڈالے دونوں میاں بیوی شادی ہال میں گئے تو رفیق کی نظر نسیم پر پڑی۔۔۔ ایک چھناکا سا ہوا اور وہ سر سے پاؤں تک کانپ سا گیا۔ نہ جانے کیوں اس کا سانس پھولنے لگا اور وہ منہ پھیر کر پرام پر جھک کر اپنی بیٹی سے کھیلنے لگا۔ فریدہ نے بھی نسیم کو دیکھ لیا تھا اور وہ رفیق کو بتانے لگی۔

"دیکھو وہ نسیم اپنے دوسرے خاوند اور اس کے دو بچوں کے ساتھ کھڑی ہے۔ مجھے کسی نے بتایا تھا کہ اس کے باپ نے اس کی شادی گوجر خان کے ایک ڈاکٹر کے ساتھ کر دی ہے جس کی بیوی دو بچے چھوڑ کے کینسر سے مر گئی تھی۔ دیکھو تو ڈاکٹر اتنا بوڑھا تو نہیں لگتا۔۔ میں تو سمجھی تھی کہ وہ کافی عمر رسیدہ ہو گا۔۔۔"

دونوں عورتوں کی نظریں آپس میں ملیں، ہلکی سی انجانی مسکراہٹ لبوں پر آئی اور نسیم نے خاوند کو کچھ کہا اور آہستہ آہستہ چلتی فریدہ کی طرف آگئی

"ارے واہ مبارک ہو فریدہ۔۔ ماشاء اللہ کتنی پیاری خوبصورت بیٹی پیدا کی تم نے۔۔" رفیق بہانے سے کسی ملنے والے سے باتیں کرنے لگا

"اللہ کی دین ہے" فریدہ کی زبان لڑکھڑا رہی تھی

"ہاں فریدہ دین تو اللہ ہی کی ہوتی ہے!" اس نے فریدہ کی آنکھوں میں آنکھیں ڈال کر کہا

"تم بہت دور اندیش اور سیانی عورت ہو۔ اپنے تحفظ کے لئے جو کچھ تم نے کیا۔۔ وہ میں نہ کر سکی تھی۔۔"

(۸) بیمار روح

تانیہ رحمان

چودھری بشیر کی سمجھ میں کچھ نہیں آ رہا تھا کہ وہ کیا کرے کہاں جائے۔ کہاں اس کو روح کا سکون نصیب ہو گا۔ پچھلے کئی ماہ سے وہ اسی طرح دریا کے کنارے بیٹھا سوچتا رہتا تھا۔ کبھی دل کرتا دریا میں چھلانگ لگا کر اس عذاب سے چھٹکارہ پالے۔ اگلے ہی لمحے اس کو یہ لگتا کہ موت بھی نہ آئی تو۔ پہلے اتنے گناہ کر چکا ہوں اب حرام موت نہیں نہیں۔ جس طرح دریا خاموش تھا۔ ویسی ہی خاموشی وہ اپنے اندر چاہتا تھا۔ لیکن اس کے اندر تو سمندر والا شور تھا۔ جو اپنے اندر سب کچھ ہضم کر کے بھی بھوکا پیاسا رہتا ہے، اس کے دل و دماغ میں عجیب قسم کی کشمش تھی۔ اس کو یوں لگتا جیسے اس کے جسم میں خون نہیں لاوا دوڑ رہا ہے۔ اور کسی وقت بھی یہ آتش فشاں پھٹ جائے گا۔ لاوا بہہ نکلے گا لیکن ایسا نہیں ہو رہا تھا۔ وہ بھی طوفان سے پہلے آنے والی صورتحال سے گزر رہا تھا۔ جب چہار سو خاموشی ہوتی ہے آسمان کا رنگ سرخ ہو جاتا ہے۔۔ سیانے کہتے ہیں۔ کوئی آفت آنے والی ہے۔ بس آفت آنے والی ہے۔ یہ ایک ڈر چودھری کو کھائے جا رہا تھا۔۔ سرکار چلیں بہت دیر ہو چکی۔ اب تو سورج بھی ڈوبنے والا ہے،، ہاں رحمتاں بہت دیر ہو گئی ہے۔ چودھری بشیر ہر دفعہ اپنے ڈرائیور کو یہی جواب دیتا۔ اور پھر خاموشی کے ساتھ گھر کے راستے چل پڑتا۔ سرکار کھانا تیار ہے۔

ملازم آکر پوچھتا۔ نہیں آج جی نہیں کر رہا۔ وہ ابھی بھی ایسی ہی صورتحال سے گرز

رہا تھا۔ اتنی بیماریوں کا علاج دریافت ہو چکا۔ لیکن میری بیماری کا علاج کسی ڈاکٹر حکیم کے پاس نہیں ہے۔ جب بھی کسی ڈاکٹر یا حکیم کے پاس جاتا ہوں۔ تو بڑی آسانی کے ساتھ کہہ دیتے ہیں چودھری جی کچھ نہیں ہوا، ٹھیک ٹھاک ہو۔ آج بھی سو جوانوں سے طاقت ور۔۔ پہلے جب کوئی چودھری سے یہ بات کہتا تو فخر سے چودھری کی پگ آسمان کو چھونے لگتی۔ اس کے اندر ایک عجیب سی ہل چل مچ جاتی۔ لیکن وہ سب کچھ اب محسوس نہیں ہوتا۔ میں کیا جی چودھری صاحب۔ جاؤ عیش کرو۔ بے کار میں روگ لگالیا۔ کہتے تو وہ سچ ہیں۔ روگ تو لگ چکا لیکن بے کار کا نہیں۔ ایک دن چودھری کے اپنے دوست قیوم نے پوچھا۔ یار بشیر کیا ہو گیا ہے تم کو نانا دادا بنے ہوئے ہو بچوں کی شادی ہو گئی۔ اپنے بچوں کے بچوں کے ساتھ مصروف رہا کرو۔ یہ کیا اول فول بک رہے ہو۔ نہیں تم نہیں سمجھو گے قیوم یہ میرے اور میری روح کی جنگ ہے۔ قومیا جسم بیمار ہو تو اس کا علاج ہو جاتا ہے لیکن اگر روح بیمار ہو جائے تو کیا علاج ہے اس کا۔ بتا ہے تیرے پاس کوئی علاج۔ لگتا ہے کوئی مولوی جن آ گیا ہے تم پر قیوم چڑ کر جانے کی دھمکی دیتا اب تو گاؤں والوں کو بھی یقین ہو چلا تھا کہ کوئی جن یا چڑیل چودھری پر عاشق ہو گئی ہے۔ یہ وہی چودھری جس کو دیکھ کر ڈر کے مارے لوگ اپنے گھروں کے دروازے بند کر لیا کرتے تھے۔ جس کی ہیبت آس پاس کے گاؤں میں بھی مشہور تھی۔ لڑکیاں اپنا راستہ بدل لیتی تھی، کہ کہیں کوئی لڑکی چودھری کو پسند آ گئی تو وہ لڑکی یا تو پیسے لے کر یا پھر اس کے گھر والے لاش لے کر گھر کو لوٹیں گے۔ ایک دفعہ چھوٹی چودھرانی اپنی سہیلیوں کے ساتھ جا رہی تھی۔ کہ پاس کے گاؤں کے کچھ چھوکرے ان لڑکیوں کو دیکھ کر مذاق کا سوچنے لگے۔ ان میں گاؤں کے چودھری کا بیٹا جو نیا نیا شہر سے آیا تھا۔ اپنے آپ کو کسی ہیرو سے کم نہیں سمجھتا تھا۔ چل ہاشم چودھری کی بیٹی کو چھیڑ کے دکھا۔ یہ کون سی بڑی بات ہے۔ شہر میں تو یہ روز کا

معمول تھا۔ میں کیا سونھڑے، کتنی خوبصورت آنکھیں ہیں۔ بالکل ہرنی ورگی، وے چل جامینوں جاند دانئ۔ چودھری بشیر کی بیٹی ہوں۔ چھوٹی چودھرانی کا اتنا ہی کہنا تھا، کہ وہ لڑکے قہقہہ لگاتے ہوئے چلتے بنے۔ گھر آکر چودھرانی نے وہ واویلا مچایا۔ کہ ابا دیکھ مجھے کہتا ہے میری آنکھیں ہرنی جیسی ہیں جب کہ وہ جانتا تھا، کہ میری دونوں آنکھیں پھری ہوئی ہیں اس نے میرا مذاق اڑایا ہے۔ چودھری کو یک دم طیش آگیا، ملازموں کو آواز لگائی۔ کہ جاؤ ہاشم کے باپ سے کہو دن کے اندر بارات لے کر آئے۔ ورنہ وہ جانتا ہے۔ کہ چودھری بشیر کسی کو معاف نہیں کرتا ابھی ملازم واپس آئے ہی تھے کہ پیچھے ہاشم کا باپ اپنے کچھ آدمیوں کے ساتھ ہانپتا کانپتا معافی مانگنے آگیا۔

وہ چودھری جی بچہ ہے غلطی ہوگئی معاف کر دیں۔ میں نے بہت سمجھایا ہے لیکن اب وہ واپس گاؤں نہیں آئے گا۔ ہاشم کو تو ہم لے کر آئیں گے کسی بھی پاتال سے نکالنا پڑے۔ اور وہی ہوا، اگلے دن ہاشم کی لاش گاؤں لائی گئی۔ چودھری اپنی دنیا میں مست بڑے بڑے لوگوں سے یاری دوستی تھی۔ اس لیے ہر ڈر ہر خوف سے آزاد گاؤں والوں کو خوش کرنے کے لیے ہر سال گندم کی بوریاں بھیج دیتا، جب پیسہ بولتا ہو تو سب گونگے اور بہرے ہو جاتے ہیں۔ رحمتاں۔ چودھری اپنی مونچھوں پر ہاتھ پھیرتے ہوئے سینہ پھیلا کر بڑے فخر سے کہتا۔ سرکار رات کافی ہو چلی ہے سو جاؤ۔۔ نہیں رحمتاں۔ اب تو لگتا ہے۔ موت ہی میری مجھے سکون دے گی۔ لیکن کیا پتا قبر میں بھی سکون ملتا ہے کہ نہیں۔ رحمتاں پلنگ کے ساتھ لگا ہی سو گیا۔ رات کی تاریکی میں کہیں دور سے کتوں کی بھونکنے کی آوازیں آجاتی تھی۔ چودھری بشیر اپنے ساتھ باتیں کر رہا تھا۔ میرا خیال ہے میرا علاج کسی مزار پر پھولوں کی چادر چڑھنے سے ہو گا۔۔ گاؤں والے صحیح کہتے ہیں کہ چودھری جی کسی مزار پر پھولوں کی چادر چڑھاؤ وہاں جو داتا ہے وہ آپ کے لیے دعا کرے گا آپ کا

علاج بس زیارت والے کے پاس ہے۔ ہاں میں کل ہی زیارت پر جاؤں گا۔ اب چودھری کو اپنا من تھوڑا ہلکا لگنے لگا۔ کب آنکھ لگی کچھ پتا نہیں۔ پہلا کام زیارت پر جانے کا کیا۔ لیکن سرکار یہ کام ایک دن میں نہیں ہو سکتا۔ کافی دور ہے زیارت اپنے گاؤں سے۔ تو کیا ہوا۔ ایک رات وہاں رہ جائیں گے۔ بس تیاری کرو۔ جانے کی اور تانگہ تیار کروا۔ شہر کی جانب تانگہ رواں دواں تھا۔ چودھری رحمتاں قیوم ساتھ تھے۔ پھولوں کی چادر زیارت میں مل جاتی ہے نا۔ جی چودھری جی۔ شہر پہنچے تو شام ہو چکی تھی۔ زیارت میں شام کے وقت ایسا لگ رہا تھا جیسے میلہ لگا ہے۔ خوب دوکانیں سجار کھی تھی۔ پھولوں سے لے کر کھانے پینے کی ہر چیز موجود تھی۔ چودھری کو پہلے تو بڑی حیرت ہوئی کہ کوئی سلام ہی نہیں کر رہا اور نہ ہی کوئی ہاتھ جوڑے کھڑا ہے ہر کوئی آوازیں لگانے میں مصروف ہے۔ جلیبی والا گرم جلیبی کی تعریف کر رہا ہے تو پکوڑے والا اپنے پکوڑے کی۔ ہاں اتنا ضرور تھا کہ ہر کوئی چاہ رہا تھا کہ گاہک اسی طرف آئے۔ چودھری کو وہ وقت یاد آگیا جب کوٹھے پر پہلی بار آیا تھا تو کیسے راستے میں کھڑی ہر لڑکی نازیبا اشارے کر کے اپنی طرف راغب کرنے کی کوشش کرتی چودھری کا بس نہیں چلتا تھا کہ سب کے پاس چلا جائے۔ لیکن یہاں وہ سب کچھ نہیں تھا۔ انداز تھوڑا الگ اور سامان مختلف جی صاحب کیا چاہیے۔ پھولوں کی چارد۔ چاہیے مزار شریف کے لیے۔ کتنی بڑی بنا دوں صاحب۔ ویسے صاحب ایک بات کہوں جتنی بڑی چادر ہو گی دعا بھی اتنی جلدی قبول ہو گی۔۔ سچ ہاں صاحب۔ پہلی بار چودھری کے چہرے پر ہلکی سی مسکراہٹ آئی، تو ٹھیک ہے۔ بنا دو جتنی بنا سکتے ہو۔ پھولوں کی چادر چڑھانے کے بعد اگلے روز واپسی ہوئی۔ گھر آکر ایک دو دن کچھ آرام رہا ایک دن بڑی چودھرانی نے چودھری بشیر سے کہا۔ چودھری جی میں نے زندگی کا لمبا عرصہ آپ کے ساتھ گزارا۔ کبھی کوئی شکایت نہیں کی۔ جیسیار کھا رہتی رہی۔ آپ دوسری عورتوں کے

پاس جاتے۔ کلیجہ کٹ کر رہ جاتا۔ لیکن آج ایک عرضی آپ کی خدمت میں پیش کرتی ہوں اب آپ پوتے نواسوں والے ہیں۔ اب تو یہ سب کچھ چھوڑ دیں گاؤں والے باتیں کرتے ہیں۔ بس اتنا کہنا تھا۔ کہ چودھری کے دونوں ہاتھوں میں چودھرانی کی گردن تھی۔ آنکھیں باہر کو نکلی ہوئی تھیں اس کے گلے سے عجیب آوازیں آ رہی تھیں۔ چند لمحوں بعد چودھری نے رحمتاں کو آواز لگائی۔ وہ دوڑتا ہوا آیا۔ ارے سرکار یہ کیا ہو گیا۔ بہت بک بک کرنے لگی تھی۔ جاڑے کی رات تھی۔ گاؤں والے تقریباً سو رہے تھے۔ کہیں کہیں کتے کے بھونکنے کی آوازیں آ رہی تھی۔ کہ اچانک پتہ چلا بڑی چودھرانی کو دل کا دورہ پڑا اور وہ چل بسی۔ گاؤں میں آگ کی طرح یہ خبر پھیل گئی۔ جتنے منہ اتنی باتیں۔ کوئی کہتا کل تک تو بھلی چنگی تھی۔ کوئی کہتا صبح تک تو ٹھیک تھیں۔ یوں کسے مر سکتی ہیں۔ نا بخار آیا۔ نا ہیضہ ہوا۔ لیکن کسی کی مجال جو چودھری سے پوچھتا کہ کیسے مر گئی۔ یہاں تک کہ بچوں کی بھی ہمت نہیں تھی کہ۔ کہ وہ اپنے باپ سے پوچھ سکتے۔ کہ ماں کو کیا ہوا۔۔ وقت کے ساتھ ساتھ چودھری کی عیاشی بھی عروج پر بچوں کی شادیاں کرانے کے بعد چودھری کو ایک دن لگا کہ وہ اکیلا ہے۔ سب کچھ ہونے کے باوجود کچھ خالی پن ہے۔۔ ایسا لگتا ہے کہ کچھ ہونے والا ہے اور اس کے بعد چودھری کی نیندیں حرام ہو گئی۔ کسی پل سکون کسی طور چین نہیں تھا۔ عجیب سی بے کلی تھی۔۔ کیا کرے کہاں جائے جس نے جو جو کہا وہ کرتا گیا۔ نہ کوئی ڈاکٹر نہ کوئی حکیم، نہ کوئی پیر نہ کوئی زیارت ہر جگہ من کی شانتی تلاش کرتا رہا لیکن بے سود کہاں جاؤں کیا کروں کس در پر سکون ملے گا میری ساری دولت کوئی لے لیے لیکن میری بیمار روح کو قرار آ جائے۔۔ اور پھر دیکھتے ہی دیکھتے چودھری بشیر احمد اٹھانا معلوم منزل کی طرف روانہ ہو گیا۔ ابھی صبح ہونے میں وقت تھا۔ دور سے اذان کی آوازیں آ رہی تھی۔ چودھری بس ایک سمت چلا جا رہا تھا۔ کہ گلی کی نکڑ

پر پہنچ کر روک گیا۔ جو مانگا ہے اپنے اللہ سے مانگ۔ اس نے پیدا کیا وہ اپنے بندوں سے بہت پیار کرتا ہے ہر گناہ معاف کر دیتا ہے ہاں اگر سچے دل سے دعا کی جائے۔ جب معافی مل جائے تو انسان بالکل اس بچے کی طرح ہو جاتا ہے جو ابھی پیدا ہوا ہو۔ دل سے توبہ کرو۔ عاجزی۔ انکساری۔ اللہ کو پسند ہے۔ غرور تکبر ظالم کو وہ پسند نہیں کرتا۔ چودھری جی کیا مجھے میرا رب معاف کر دے گا۔ ارے چودھری جی آپ۔ اور یہاں مسجد میں۔ آؤ آؤ۔ یہ تو خدا کا گھر ہے اس کے دروازے ہر ایک کے لیے کھلے ہیں۔ یہاں کوئی چھوٹا بڑا نہیں ہے۔ آؤ بیٹھو۔ مولانا جو باتیں آپ نے کی کیا وہ سچ ہیں، میرے دل پر بہت بوجھ ہے مجھے سکون نہیں ہے میں کیا کروں، چودھری اپنے گناہوں کی معافی مانگوں۔ وہ غفور الرحیم ہے۔۔ یاں یاں میں دل سے معافی مانگتا ہوں اب ساری زندگی یہیں پڑا رہوں گا۔ گاؤں والے دیکھ کر پریشان کہ چودھری کی مت ماری گئی ہے۔ شک تو پہلے تھا کہ کسی جن کا سایہ ہے اب ان کا یہ شک یقین میں بدل گیا۔ اب چودھری کا کام مسجد میں صفائی کرنا لوگوں کے جوتے سیدھے کرنا۔ خدا کی مخلوق کی خدمت کرنا چاہتا تھا۔ اب اسے لگا کہ اس کے اندر کا طوفان تھم چکا ہے۔۔ اب ٹھنڈے فرش پر بھی وہ سکون سے سو جایا کرتا تھا۔ لیکن شاید اللہ کو منظور نہیں تھا۔ جس طرح چودھرانی کے مرنے کی خبر گاؤں میں آگ کی طرح پھیلی تھی۔ کسی کو پتا نہیں چلا۔ بالکل اسی طرح چودھری کے مرنے کی خبر گاؤں میں آگ کی طرح پھیل گئی۔،، چودھری کو کسی نے قتل کر دیا۔

(۹) دیوار

فرخندہ رضوی

شام ڈھلتے ہی آسمان کی لاجوردی چادر بادلوں کے پردے میں چھُپ جاتی۔ سیاہ بادل مغرب کے کناروں سے اُٹھتے اور پَل بھر میں ساون اُتر آتا۔ پھر موسلا دار بارش روئی کے گالوں کی طرح ہوا کے دوش پر اُڑنے لگتی۔ سبھی جانتے تھے کہ پہاڑی مقامات کا کیا بھروسہ۔ ایبٹ آباد کی خوبصورت شامیں سردی سے لپٹے سڑک کنارے اُگے درخت یوں سمٹے ہوتے جیسے ابھی کسی سے لپٹنے کو بیقرار۔۔۔اُسے سب یاد تھا جب وہ اپنی سہلیوں کے ساتھ پہاڑوں کی پگڈنڈیوں سے ہوتی ہوئی سکول سے واپس لوٹتی تو سردی سے ٹھٹھرتے ہاتھ سُرخ ہوتی ناک سے گھر داخل ہوتی تو ایمان خان اُسے مرچی کہہ کر چڑاتا، وہ منہ پھلائے گھر کے صحن تک چلی آتی۔ اور پھولی پھولی سانس سے اُس پر غصہ کرتی۔۔ اور ایمان خان قہقہہ لگاتا باہر نکل جاتا۔۔

گھر تو ایک تھا مگر درمیان میں ایک دیوار نے گھر کو دو حصوں میں بانٹ رکھا تھا۔ اُسے تو اکثر لگتا صرف اِس دیوار نے گھر کو نہیں رشتوں کو بھی بانٹ رکھا ہے۔ ایک طرف یہ لوگ اور دوسری طرف اُس کے چچا کی فیملی رہتی تھی۔

اکثر ہی وہ اِس مٹی کی دیوار کا تذکرہ گھر کے بزرگوں سے کرتی تو کوئی معقول جواب نہ پاکر خاموش ہو جاتی۔

کائنات کے دو چھوٹے بھائی اور ایک بڑی بہن تھی کُچھ عمر کی چھوٹی اور کُچھ لا اُبالی

پن، گھر والے کسی بات میں اُسے شامل ہی کہاں کرتے مگر وہ بنیادی طور پر ایک ہمدرد لڑکی تھی۔ دُکھ و خوشی کے لمحوں کو فرق سے سمجھتی، اُس کے چچا کے دو بیٹے تھے ایک تو ایمان خاں جو ساتھ رہتا تھا دوسرا بھائی جس کے ساتھ کائنات کی باجی کی شادی ہوئی تھی، وہ یہاں نہیں بلکہ انگلینڈ ہوتا تھا۔ وہ جانتی تھی بزرگوں کے حکم اور رسم و رواج کی سولی چڑھائی گئی تھی۔

وجہ صرف یہ رہی کہ اُنکے خاندان اپنی برادری سے باہر شادیاں کرتے ہی نہیں۔ کبھی کبھی وہ اِس بات پر اُلجھ سی جاتی کہ باجی کی شادی تو ہو چکی مگر اُسکی باجی ابھی تک اِسی گھر میں کیوں رہتی ہے۔ جبکہ اُسکے محلے میں بہت سی لڑکیاں جو باجی کی سہیلیاں تھیں اُن کی شادی بھی ہوئی اور وہ یہاں سے اپنے سسرال چلی گئیں۔

اُسکی سمجھ اتنی کم بھی نہ تھی۔ اُس نے تو یہ بھی سُن رکھا تھا کہ چچا کا بیٹا تو رضامند ہی نہ تھا مگر گھر والوں کی ضد اور رسم و رواج کے ہتھے چڑھ گیا۔۔۔

پھر ایسے ہی ایک دن باجی کو تانگے کے گھوڑے کی طرح جوت دیا گیا۔ جو نصیب لکھ دیئے جائیں کون بدل سکتا ہے۔ سُنا ہے مرد پیار کرنے کے بہت کچے ہوتے ہیں، باجی بھی سب جانتی تھی اُس نے تو خاموشی کی مہر لَب پر لگا رکھی تھی۔ نہ اپنے سسرال والوں سے شکایت نہ اپنے ماں باپ سے۔۔ جنھوں نے اتنے نازوں سے پال پوس کر اپنے ہاتھوں دفن کر دیا۔

جہاں وہ لوگ رہتے تھے۔ اور بھی اُنکے رشتہ دار وہاں آباد تھے۔ اُن میں اُسکی ایک دوست سلمٰی تھی جس سے ہر بات فراخ دلی سے شیئر کرتی۔۔ کئ دنوں سے یہی سوال اُسکے دل میں بے چینی پیدا کیے ہوئے تھا۔

مگر آج جب دونوں سکول سے واپس آ رہی تھیں سویرا ضرورت سے زیادہ ہی چُپ

چُپ تھی۔

"کائنات! کیابات ہے کئی روز سے تُم کُچھ اُلجھی اُلجھی ہو۔۔۔"

وہ تو جیسے اِسی انتظار میں تھی کہ کوئی آئے اور اِسکے دل کا بوجھ ہلکا کر دے۔

"ہاں سلمیٰ! نہ جانے کیوں اندر کی اُداسیاں چہروں پر اُمنڈ آتی ہیں۔ دُکھ جب کروٹیں لینے لگتے ہیں تو بے چینیاں بڑھ جاتی ہیں۔ میں بھی ایک ایسی ہی پہیلی میں اُلجھی ہوئی ہوں۔۔۔ جب رات کو سب سو جاتے ہیں تو اپنی باجی کے بستر سے مجھے سسکیوں کی آوازیں سنائی دیتی ہیں، وہ بہن جو دن بھر لبوں پہ مسکراہٹ سجائے سب کے کام کرتی رہتی ہے مگر رات کا اندھیرا بڑھتے ہی کتنی تنہا ہو جاتی۔۔"

"کائنات! بہت سی باتیں وقت ہی سمجھا جاتا ہے دُکھوں کو نام دینے کی ضرورت نہیں پڑتی" وہ اُسکا مُنہ دیکھتے بولی۔۔

"تُم صرف یہ جاننا چاہتی ہو نا؟ تمھاری باجی کی شادی بھی ہوئی مگر دوسری لڑکیوں کی طرح اپنے خاوند کے ساتھ اپنے گھر کیوں نہیں گئی۔"

"ہاں ایسا ہی ہے۔" بہت بے چینی سے بولی۔

تب سلمیٰ نے کائنات کو سب بتا دیا کہ اُسکے بہنوئی نے ایک شادی انگلینڈ میں بھی کر رکھی ہے۔۔ پھر اُسے بھی سب سمجھ آگیا۔۔ اُس دن کے بعد سے اُسے چچا کا گھرانا اور بھی بُرا لگنے لگا۔۔ چچی جو ہر وقت ناک پر غصہ لیے پھرتی۔۔ باجی اُسکی گھر کا سارا کام کرتی وہ اُسے نوکر کی حیثیت سے زیادہ سمجھتی ہی کب تھی۔۔!

اور اُسکی بیٹیاں بھی عناب کے ساتھ اچھا سلوک روا نہ رکھ سکیں۔۔ ہر وقت جلی کٹی سناتی رہتیں۔۔ کوئی بھی اُنہیں منع نہ کرتا۔۔۔ اندر ہی اندر عناب دُکھی ہوتی مگر ایک سہارا اُسے زندہ رہنے کا حوصلہ دیتا۔۔ وہ تھا ننھا مُنا عجب خان۔ جس نے اُسے جینے کا سہارا

دے رکھا تھا۔۔۔ ایک بد قسمتی یہ بھی تھی کہ عجب خان۔۔ کو اُسکے باپ نے دیکھا تک نہ تھا۔۔ وہ تو شادی کے کُچھ ہفتوں کے بعد واپس لوٹ گیا تھا۔۔

ماں باپ کبھی کبھی اتنے خود غرض ہو جاتے ہیں کہ مُعاملات کو سُلجھانے کے بجائے اپنے مفاد سامنے رکھے ناانصافیاں کرتے چلے جاتے ہیں۔۔ نہ تو اُسکی چچی نے کوشش کی کہ اُنکا بیٹا اپنی بیوی کو پاس بُلالے نہ ہی عناب نے اپنے حق کے لیے احتجاج کیا۔۔۔ بس وقت ہی گزرتا گیا۔۔۔

کائنات بھی عمر کے اِس حصے میں پہنچ گئی کہ گھر میں اُسکی شادی کا تذکرہ ہونے لگا۔ ایک دن وہ کالج سے لوٹی تو چچا اور چچی کی فیملی کو گھر اکٹھے جمع دیکھا۔ اُسے کُچھ حیرانی ہوئی کیونکہ اِس دیوار کے اُس پار جو نفرتیں پل رہی تھیں اُن سے وہ بخوبی واقف تھی مگر انہونی دیکھ کر چونکے بنا پھر بھی نہ رہی۔ پھر ایک عمارت گرنے کا اندازہ اُس وقت ہوا جب اُسے معلوم ہوا کہ کل اُسکا نکاح۔۔ ایمان خان۔۔۔ سے کیا جارہا تھا۔۔ وہ سب خاموشی سے سُنتی رہ گئی۔۔ اُس گھر کی دہلیز پر ایک بہن سسکیاں لے رہی تھی۔۔ شادی شُدہ ہو کر بھی اکیلے زندگی کا سفر طے کر رہی ہے۔۔ اُسی گھر میں ایک اور بیٹی کو قربانی کے لئے تیار کیا جارہا تھا۔۔ سب کے چلے جانے کے بعد وہ بہت چیخی۔۔ بہن کے آنسوؤں کی تپش سے سبکو پگھلانے کی کوشش کی مگر بے سود۔۔ سب کا ایک ہی جواب تھا سب ٹھیک ہے مگر ہم اپنے بزرگوں کی روایتوں کو نہیں چھوڑ سکتے۔ پھر ایک دِن اُسے ایمان خان کی دُلہن بنا دیا گیا۔۔۔ وہ کائنات۔۔ جو ہر لمحہ ہرنی کی طرح چھلانگیں لگاتی اِدھر سے اُدھر اُترتی چڑھتی۔۔ اُداس بلبل کی طرح ایک پیڑ کی شاخ پر چپک کر بیٹھ گئی۔۔۔۔ اُسکے سامنے ویران ویران سے راستے رہ گے۔۔ اُسے لگا آج انتہائی جاذب نظر پہاڑی سلسلے نظروں سے دُور ہوتے جا رہے ہوں۔۔۔۔۔

پھر وہ دِن بھی طلوع ہوا جس دن ایمان خان بھی سب کے ساتھ اُسے بھی چھوڑ کر دوسرے مُلک سدھار گیا۔۔ وہ کسی سے کُچھ نہ کہہ پائی۔۔۔ کُچھ دن گزرنے کے بعد اُسکی باجی کو پوسٹ کے ذریعے ایک رجسٹری موصول ہوئی جِسے کھولتے ہی اس میں لکھے الفاظ اُسکا مُنہ چڑانے لگے۔

کیونکہ اُسکے خاوند نے اُسے آزاد کر دیا تھا۔۔ اُسے پوچھے بنا۔۔ اسے پہلے یہ خوشی تو تھی کہ کم از کم شادی شُدہ کا لقب تو تھا۔۔!! آج طلاق نامہ بھیج کر اُس سے یہ بھی حق چھین لیا گیا۔ اتنا بڑا انقلاب آیا کسی نے دُکھ کا اظہار تک نہ کیا۔۔ پھر یہ کیسے اپنے تھے۔۔ ایک دوسرے کی جھولی میں خوشیاں نہیں ڈال سکتے۔۔ صرف رسمیں نبھانے کے لئے رشتوں کی لڑیاں دروازوں کی دہلیز پر باندھ رکھی ہیں آج کائنات کو اِس دیوار کا مطلب سمجھ میں آنے لگا۔ یہ تو صرف اینٹوں کی دیواریں ہیں جنہیں کبھی بھی گرایا جا سکتا ہے مگر ہمارے رسم و رواجات تو اِس دیوار سے بھی زیادہ پُختہ ہیں۔۔ جنہیں شاید ہم کبھی بھی نہ گرا سکیں!!

***

منتخب عصری افسانوں کا ایک اور مجموعہ

نورنگ افسانے (حصہ اول)

مرتبہ : زرقا مفتی

بین الاقوامی ایڈیشن منظر عام پر آچکا ہے